U0048223

戴晨志

愛的激勵

成就孩子的大未來！

倪美英 老師/故事提供

本書原名：
《愛的溝通與激勵》
重新篩節整編

Contents 目錄

倪美英老師

國立師範大學國文系畢業
國立嘉義大學國民教育研究所畢業
曾榮獲高雄市「愛心教師」表揚
曾任教於台北縣、高雄市、南投市等各地國小

天下的孩子，都是最美的！

我很喜歡撫摸孩子的頭，也喜歡輕觸孩子的臉，牽牽他們的小手，一起快樂地體驗生命中的每一天！

感謝每一個好孩子！你們可愛的身影和充滿希望的生命，都將永遠清晰地烙印在老師的心中。

自序

用愛的今天，照亮孩子美麗的明天

——從嘲諷中，得到信心；從挫折中，看見希望

戴晨志

多年前，大陸重慶市的某一中學，初三女生丁婷（化名），在中午時刻從教學大樓八樓跳下，經醫院搶救無效而死亡。

丁婷的身上留有一份遺書，上面寫著：「汪老師，您說得很好，我做什麼都沒有資格，學習不好，長得也不漂亮，又矮又醜，連當做檯都沒有資格。您放心，我不會再給您惹事，因為這個世界上不會再有我這個人，我對您的承諾，說到做到……」

事發之後，重慶渝中區教委與校方同時展開調查，也證實，汪姓老師在丁婷同學跳樓前一小時，曾經對她施以體罰，並使用侮辱性語言罵她——「妳連坐檯都沒有資格」，導致丁婷不堪老師的言語侮辱，而跳下八樓自殺。

後來，汪姓老師被教育當局撤銷教師資格，並收繳了其教師證書；而女學生的父親也向法院，對汪老師提起侮辱罪訴訟。

老師的一句話，往往影響學生甚巨。

老師當眾的「讚美、肯定、鼓勵」，常給學生帶來歡喜、帶來希望、帶來信心，因而大大激發學生內隱的才能；相反的，老師當眾的一句「譴責、辱罵、羞辱」，則常給學生感到備受侮辱、羞愧與打擊，甚而走上無法挽回的絕路。

■一件沒有穿過的新衣

其實，老師的用心、讚美與鼓勵，常令孩子永遠記得啊！

在我的剪報資料中，我看到一位署名陳麗秋的讀者寫道——她小時候經濟狀況不佳，常常沒有一頓好吃，更別提有新衣、新鞋可穿；平常她身上穿的，都是堂姊、表姊穿過的舊衣服。

在她國小五年級的一次月考前，老師在班上宣布：「這次月考得到第一名的同學，老師要送他一件新衣服。」

為了得到這件新衣，她每天挑燈夜戰，也用一張日曆紙，上面寫著「我一定要考第一名」幾個大字，貼在牆壁上，來激勵自己！

後來，她真的考了全班第一名！三天後，老師當著全班同學的面，將一件絨布連身裙送給了她，做為獎勵。在那一夜，她開心地抱著這件絨布裙子睡著了！

陳小姐說，她始終不曾將這連身裙穿在身上，因怕弄髒它，所以就一直收藏著它。等到有一次，她要跟堂哥出去玩、想穿它時，竟然發現「已經穿不下」了。

然而，這件「沒穿過的新衣」，讓陳小姐永遠記得——國小老師

「愛的激勵」，也讓她擁有童年最美麗的回憶。

老師的微笑、老師關愛的眼神、老師激勵的話語，常常都是學生奮發向上的動力，也令學生永遠銘記在心！

■我是一隻落後的小羊…

我曾經多次到台中惠明學校參觀。這是一所盲校，每個孩子都是看不見的盲生，甚至還有不同的多重肢體障礙。

一天，我特別選在中午用餐時間，到校內的餐廳，看看這些看不見的孩子「如何吃飯」？

在餐廳裡，這些孩子坐在餐桌上，由老師們，還有前來幫忙做義工的大學大哥、大姊們，一口一口幫他們餵食。有些孩子動作比較獨立，可以拿著特製的湯瓢自己進食，但大部份的孩子，都需要老師和義工的呵護與耐心餵食。

在學校寄給我的刊物上，我看到了一段話——

多給我一點時間，我的手就可以將釦子扣好
　鞋子的蝴蝶結不再鬆掉
多給我一點時間，我的圍兜不再沾滿口水
　口中的飯粒不再掉落
多給我一點時間，我學過的兒歌不再東忘西落
　雙腳也可以走得更好
多給我一點時間，縱使我看不清你的容顏
　仍然可以將你的聲音仔細記牢
我是一隻落後的小羊，所以……請再
　多給我一點時間

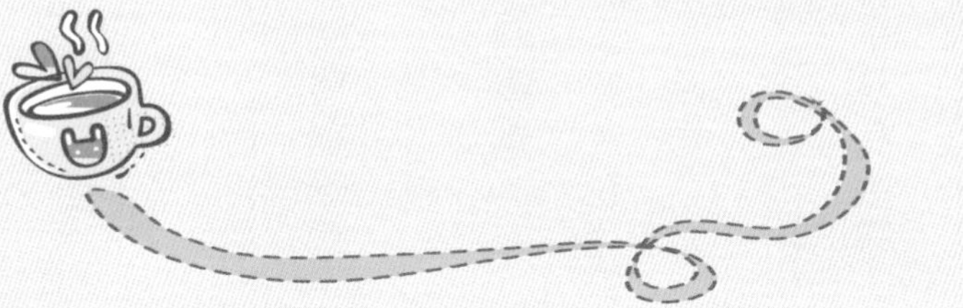

在學校中，有不少孩子是隻「落後的小羊」，需要老師耐心、細心、用心的陪伴和鼓勵，讓落後的小羊，能慢慢地跟上羊群，甚至，有信心地走在羊群的前方。

所以，老師的角色，可能是孩子邁向成功的「殺手」，但也可能是「推手」。老師若能善用「愛的激勵」來鼓勵孩子，就可以讓孩子的心——「從嘲諷中，得到信心；從挫折中，看見希望！」

也因此，愛，是不排斥、不嘲諷、不羞辱、不貼負面標籤。

老師的責任，是「用愛的今天，照亮孩子美麗的明天」；也用真情真愛，點燃孩子的學習熱情，並成就孩子的大未來！

（註：本書篩節整編自《愛的溝通與激勵》一書；本書中所有故事人名，為保護當事人，皆以「假名」代之，如有雷同，純屬巧合。）

第一篇

孩子是人才，都有好將來！

創意教學，帶來教室歡樂氣氛

師生之情來自**對話**，不是**訓話**

課堂上的氣氛沉悶與否，
老師要負絕大的責任；
老師不能用過去一、二十年不變的教學方式，
來教導「走向未來世界」的孩子！
老師的教學要有新意、有吸引力，
才能激發出不同的燦爛火花。

有一天，我到學校附近的小書店買書，認識的老闆一看到我，就很高興地對我說：「倪老師，我有很多蠶寶寶，妳要不要？一隻只賣妳一塊錢就好了！」

我說：「我不要，養蠶很麻煩，要準備很多桑葉給牠們吃，很累人！」

可是，書店老闆很誠意，也打開一大箱子給我看；天哪，一大箱子裡，恐怕有好幾千隻的蠶寶寶，在桑葉中不停地蠕動，有點嚇人。

老闆看我不太有意願買，就很大方地說：「算了，不賣妳了，就送給妳好了！」這時，老闆用他粗大的右手伸入大箱子裡，撈出一大把蠶寶寶，裝入盒子，並說：「這些都送給妳好了，不用錢！」

我心裡一直笑，也拎著一大堆蠶寶寶回到教室。

鐘聲響了，是說話課。平常說話課，要小朋友上台說話，大家都推三阻四，少有人願意主動上台；可是，那天我告訴小朋友：「今天，我們來個說笑話比賽，哪個小朋友願意上台說笑話，也說得讓大家哈哈大笑，就可以得到獎品！」

「老師，獎品是什麼？」有小朋友問。

「獎品是……蠶寶寶兩隻！」我一邊說，就一邊打開小盒子——「哇！」全班小朋友都睜大眼睛、發出驚喜的聲音。

小朋友聽到有「蠶寶寶獎品」，氣氛就不一樣了，立即爭先恐後舉手，深怕小蠶寶寶被別人搶先挑走。隨後，我點名了一位平常不太講話、又很愛護小動物的阿鎮上台。

■「豬母來了、豬母來了！」

阿鎮很害羞、紅著臉上台說——

「從前，有個男生，不會說台語，可是他很努力想學說台語。一天，這男生走到街上，想聽聽看別人怎麼說台語；突然間，他看到有房子失火了，旁人大叫：『火燒厝啊，火燒厝啊！』（台語）這男生就把『火燒厝啊』這句話學起來。

走啊走，這男生看到一戶農家的母豬跑了出來，飼主怕母豬傷到無辜路人，就緊張大叫：『豬母來了，豬母來了！』嗯，這句台語也不錯，男生又把它背了下來。

過不久，這男生看見一群人在樹下打牌、小賭，其中一人賭贏了，就大聲說：『哇，真爽！真爽！』男生一聽，又把『哇，真爽！』這句台語學起來。

回到家裡，這男生迫不及待地想告訴媽媽，他新學的三句台語；可是，當時他媽媽正在洗澡，所以他就在浴室外，大聲地自我練習台語：『火燒厝啊，火燒厝啊！』

正在洗澡的媽媽一聽，嚇一跳，立即抓了一條浴巾，裹著身子，趕緊衝了出來；這時，男生又說：『豬母來了，豬母來了！』媽媽一聽，氣昏了，馬上賞給兒子一巴掌；可是，這男生嘴巴又唸著台語——『哇，真爽、真爽！』」

阿鎮說完故事，全班小朋友莫不捧腹大笑。這時，阿鎮很得意地走到我前面，挑了兩隻又大又肥的蠶寶寶，並小心翼翼地放在手掌心，回到座位。

■送你到「東方極樂世界」

接著，是小鳳高舉著手，搶著上台。

小鳳說：「從前，有一戶人家，虔誠信佛。一天，年老的父親過世了，兒子很孝順，立即請和尚來幫父親唸經、超渡。當和尚來時，兒子就很恭敬地問和尚：『師父，請問……您來為我父親唸經，要多少錢

哪？』

『一千元就好了！』和尚回答。

『啊？一千元？』兒子覺得，只是隨便唸一下經，就要一千元，實在是太貴了，就跟和尚打個商量：『師父啊，打個折扣，八百元可不可以啊？……』

和尚一聽，勉強地點點頭說：『好吧』！

於是，和尚就開始敲著木魚，唸起經來——『南無東方極樂世界、南無東方極樂世界……』

可是，兒子一聽——不對啊，怎麼會唸『南無東方極樂世界』？兒子很納悶，忍不住地壯起膽子，問和尚說：『師父啊，你是不是唸錯啦？人死後，不是到『西方極樂世界』嗎，你怎麼會唸成『東方極樂世界』？

和尚聽了笑笑地說：『你就說要打折嘛，打折八百塊錢的話，我只能送你父親到東方極樂世界……』

兒子一聽，趕快再奉上兩百元，說：『噢……師父，對不起、對不起，再多給你兩百元，你還是幫我父親送到西方極樂世界吧！』

和尚收下兩百元後，就開始專心地唸『南無西方極樂世界……』兒子也跪在父親棺材前，恭敬地跟著唸！

可是，才沒唸一會兒，棺材裡居然出現極生氣的怒罵聲，兒子仔細一聽，竟是過世老爸的聲音耶！老爸在棺材裡，憤怒地咒罵——『你這個不孝子，居然只為了兩百元，就叫我一下子從東方極樂世界，衝到西方極樂世界……我一下子在東方，一下子又拚命跑到西方，害我跑得氣喘如狗，老命都快沒了……』」

小鳳生動的笑話，全班小朋友又是笑得東倒西歪！

那天，每個小朋友都自告奮勇地上台說笑話，沒多久，就把我原本很煩惱的「一大堆蠶寶寶」，全都拿光了！

而每個小朋友一回到座位後，就開始爲蠶寶寶做小房子；有的用紙盒，有的用肥皂盒，有的用保麗龍……每個人都笑瞇瞇，也極具創意地爲蠶寶寶做一個最舒服、最溫暖的家！

戴老師小講台

有個爸爸教孩子很嚴厲，在期考快到時，盯著兒子說：「小強，這次期考你一定要很專心、很用功唸書哦！你一定要拿第一名，否則，我就揍扁你！」

這時，小強說：「爸，我可以和小慧一起並列第一嗎？」

「為什麼要並列第一？」爸爸不解地問。

「因為小慧如果沒有考第一，她爸爸也說要揍扁她！」小

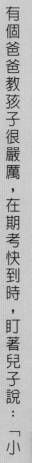

強說。

以前，有一個在外地唸書的學生，考試成績很差，所以就寫封信回家，上面寫著：「各科成績均不理想，望父親心理有所準備。」

過幾天，這學生收到母親寄來的回信，上面寫道：「父親已經準備好了，現在該你有所準備了！」

其實，每個人都喜歡聽故事、聽笑話；而一個老師，在教學中，更應該鼓勵孩子們上台做幽默的表達，也引導孩子暢所欲言。上課，絕不能是一成不變的呆板、枯燥；老師要有創新技巧，「讓上課比遊戲更好玩！」

事實上，課堂上的氣氛沉悶與否，老師要負絕大的責任。

老師不能埋怨教室內教學氣氛不好，老師必須有一顆「可愛的童心」和「好奇心」，和小朋友們玩在一起；只要老師有創意、內心喜樂，表情自然歡愉，也就能帶給學生快樂的氣氛。

同時，老師也可以用「小禮物」當作孩子們的「酬賞」，即使是「兩隻蠶寶寶」，孩子們也十分歡喜，因為，那是孩子們用腦力、智慧、上台說話，換取來的獎品，特別珍貴；它與不勞而獲的禮物，意義截然不同啊！

所以，在孩子學習力最旺盛、記憶力最強的時期，「誘導他學習」和「適時的鼓勵」是不可少的；千萬不要強迫學習，以免適得其反。

愛的激勵小啟示

- 老師不能用過去一、二十年不變的教學方式，來教導「走向未來世界」的孩子；老師的教學需要有新意、有吸引力！
- 孩子們創意的思考與表達，「只有不同，沒有名次、沒有高下！」創意的思維，必須腦力激盪，激發出不同的燦爛火花、引發更多孩子的歡笑，並更加深師生之間的情誼。
- 師生之間的重要課題是「歡喜互動」，而不是「嚴格掌控」；師生之間的美妙感覺，是來自「對話」，而不是「訓話」。
- 老師「誘導式學習」與「適時的鼓勵」，勝過高壓的「強迫式學習」。

老師不用心、不創新，就會被淘汰出局

現在，兒童樂透**開獎**啦！

大人們常被「世俗化」，
以為花很多錢買道具、教具、或設備，
就一定可以提高學習效率；
可是，有些創意，是不需要花錢的，
有些極吸引孩子們學習的點子，
是廉價或免費的……

在我的班上，每個小朋友都有機會當班長，而且，週一到週五，每天都是由不同的小朋友來「輪當班長」，彼此互相觀摩、學習。而在我的印象中，每個星期三，班上的秩序特別好，每次我開完早會，回到教室，全班小朋友總是十分安靜，大家都已經把功課做完，秩序井然地看書，或看教學錄影帶。

有一天，是星期三，老師們的早會提前結束，我就迫不及待地回教室，想看看「星期三的班長」——小娟，是如何來管理小朋友秩序的？

可是，當我還沒走到教室，遠遠地，我就聽到班上傳來小朋友歡樂的笑聲。那笑聲，不是吵鬧、不是喧嘩，而是有秩序的歡笑，像是在舉行什麼比賽似的。

當我悄悄地走進教室後門，看見小朋友有的跳起來扭屁股，大喊「耶」！有的高興地大笑、拍桌、跳來跳去，甚至跳到椅子上……每個人都好興奮哦！

這時，小娟看到我，就說：「好了，老師來了，比賽結束！」班上歡樂的笑聲，突然就停息下來。

我看著黑板上一大堆數字，一頭霧水，我問小朋友：「你們在玩什麼啊？」

「沒有啦，老師，我們的比賽已經結束了啦！」小娟說道。

「你們不要結束啊！你們玩得這麼高興、這麼快樂，讓老師分享一下嘛！……你們到底在玩什麼？」我真的好想知道孩子們的「祕密」。

「老師，我們是在玩『樂透』啦！」有小朋友說。

「啊，玩樂透？你們在教室裡怎麼玩樂透？你們在賭博啊？」

「老師，我們玩的是『兒童樂透』，跟你們大人玩的樂透是不一樣的！」

「啊？……兒童的樂透？你們怎麼玩？」我抬頭看看黑板上一組一組的數字，看起來，小朋友是眞的在玩「六合彩」或「樂透」什麼的……

「老師，妳想看啊？那妳請坐，我們玩給妳看！」小娟說完，全班小朋友就興致勃勃，一組一組地分坐，眼睛都睜得大大地，準備開打「兒童樂透大戰」！

■老師，我們在玩「兒童樂透大戰」

只見小娟手上拿著好多紙牌，每張上面都寫著五個不相干、不連續的號碼，例如：「38，26，57，12，09」；**小娟把這寫著號碼的紙牌，從一組小朋友的眼前晃過去，只能看一眼、可能只有一秒鐘，該組的小朋友就必須同心協力地把五個號碼背記下來！不能用筆、不能用紙，只能默記在心裡。**

當每一組小朋友都看完一秒紙牌上的號碼，都好緊張——「號碼記得沒？記得沒？有沒有記錯？……」

最後，小娟站在台上，宣布：「現在，開獎了！」哇，全班小朋友好興奮、好期待、也好緊張！

「好，現在請第一組的小朋友告訴我，你們的樂透中獎號碼是幾號？」這時，第一組的代表站起來，大聲說：「是38，26，59，12，09。」

「答錯了，是 57，不是 59，沒得分！」

「唉！」第一組的小朋友各個垂頭喪氣，可是其他組的小朋友卻敲桌、高興地大叫，大肆慶賀！

「接下來，請第二組的小朋友告訴我，你們的樂透中獎號碼是幾號？」

「我們的中獎號碼是05，13，37，42，23。」

05
37
13
42
23

「答對了！恭喜第二組，中了樂透頭獎，加一分！」小娟有模有樣地，站在講台上，像足了一個「樂透開獎主持人」！

就這樣，全班小朋友分組地玩，答對的，「加一分」，答錯的，被「淘汰出局」！所以，每答對一題，全組的小朋友就高興得手舞足蹈、扭屁股、敲桌大叫「耶」，好興奮哦！可是，一不小心，答錯了，就被淘汰出局，該組的小朋友，就捶胸頓足、如喪考妣，莫不扼腕！

■孩子的創意領導能力

後來，沒被淘汰的，只剩下兩組，是「冠亞軍對決」，全班的氣氛也愈來愈緊張；當然，樂透的考題也愈來愈難。

聰明的小娟，出的考題不只是「默記手上的紙牌號碼」而已，她還要求，小朋友必須把「五個號碼相加」，然後說出正確的總和！

天啦！五個號碼，只看一眼，一兩秒，同組的小朋友就必須默記下五個數字，還要「再相加」，而且，不能用紙筆，只能用心算！哇，這眞是個高難度的遊戲，它考驗著小朋友的「專注能力、記憶能力、心算能力」，還有「團隊默契」……

看著台上的小娟，看著全班小朋友快樂、高昂的學習氣氛，我眞是感動！小娟的用心、創新，認眞地當個班長，帶領全班「在歡樂中學習」；全班小朋友沒有人愁眉苦臉、沒有人打瞌睡，每個人都精神亢奮，都想「中樂透、得頭獎」……

「答對了！恭喜第四組小朋友，得到我們今天『兒童樂透大開獎』的總冠軍……現在我們請第四組的小朋友到前面來，也請老師上台，爲我們主持頒獎……」小娟站在台上，架式十足地宣布——總冠軍出爐了！

在小朋友振耳欲聾與興奮莫名的快樂聲中，我的眼眶模糊了，心

中好是悸動——「孩子們、小娟，妳的創意教學，真是讓老師感到十分慚愧、自嘆不如啊！……我們當老師的，若再不用心、再不創新，有一天，恐怕也會被『淘汰出局』啊！」

戴老師小講台

當老師的人，常習慣自己發號司令，要孩子們遵守我們的遊戲規則；然而，有時孩子自己發號司令，其效果不一定比老師差。就像本文中的小娟班長，只是運用簡單的數字遊戲，並結合孩子們愛玩樂透的心理，就把班上的同學，由無聊、枯燥，轉化成既快樂、又好玩的氣氛。

因此，大人們常被「世俗化」，以為花很多錢購買道具、教具，或添增器材設備，就一定可以提高學習效率；可是，有些創意，是不需要花錢的；有些極吸引孩子們學習的點子，是廉價或免費的！

所以，「用創意引發孩子們學習的興趣，才會有良好的學習效果！」

也因此，老師和父母永遠不要「抹煞、打斷孩子們的創意」，也不能將孩子「定型化」，而要「欣賞孩子們的創意」；因為，孩子是一塊沒有過份雕琢的璞玉，他們有自己的想法與巧思，他們常比大人有更寬廣的想像空間。

就像以前，我未滿五歲的兒子，最近叫我帶他去買「海底動物」的玩具。我問他：「幹嘛買海底動物的玩具？」

他滿臉興奮地說：「因為我現在會潛水啦，我像一條魚、像海豚、像鯨魚一樣很快樂，我跟牠們是同類的啊！」

天啦，我兒子只不過開始學游泳，才剛學會把頭埋入水中，練習閉氣、吐氣而已，但他竟想像力豐富，說自己「和魚同類」！而我呢，我從不覺得自己是「一條魚」，我只知道我是「人」而已，我怎麼會是魚呢？

有人說：「生命的意義，在於向上帝預借『在天堂的尊嚴和喜樂』。」人的將來，能不能上天堂，不知道，但能確知的是，在人間，孩子們的童年需要尊嚴、需要歡笑、需要喜樂！

每個老師，都有責任讓每一個孩子都「喜歡上學、喜歡進教室、喜歡老師，也喜歡同學」；每個老師也都要運用創意的教學，把孩子們的聰明教出來！

愛的激勵小啓示

●老師的創意教學法寶用盡時，常是孩子們無聊、枯燥的開始。

●假若孩子感到不快樂，是因為我們讓他們失去天真、快樂、自在的本性。

●老師有責任，讓孩子們都喜歡上學、喜歡進教室、喜歡學習。

●教育，就像是辦一所快樂的學習天堂——

「喜歡畫畫的，我們就給他一支彩筆；
喜歡飛翔的，我們就給他一雙翅膀；
喜歡自然的，我們就給他一座森林；
喜歡想像的，我們就給他一片蔚藍的天空！」

愛，是不排斥、不貼負面標籤

今天，我是最佳掌旗手

「小時候，我常一個人躲在房間裡哭，
一個人待在家裡，
沒有人陪我、沒人關心我……
爸有時喝醉了，就罵我，要不然就打我……
有人知道我心裡的痛苦嗎？
對，我是壞，但有人教導過我嗎？……」

三年級時，阿興轉到我們班上來，他的脾氣不好，不高興時，還會罵不喜歡的老師「幹×娘」等髒話，令一些老師很氣憤、也很頭痛。

每天阿興來學校時，都把頭髮抹得油油的，或是把頭髮弄溼，再梳成水水、亮亮的，一副「酷酷、壞壞的模樣」；而且，他的手上常拿著一瓶「酷兒」果汁，邊走邊喝。有些小女生常說：「阿興好酷、好帥哦，他好像Ｆ４裡的言承旭哦！」我仔細一看，那臉型、那樣子，眞的是有幾分像言承旭。

可是，阿興的成績不好，上課態度也吊兒郎當，字也寫得亂七八糟。而下課鐘一響，老師還沒說下課時，他的屁股就坐不住，總是第一個衝出教室；沒多久，就會有學生來告狀：「老師，阿興打我！」「老師，阿興拿球丟我……」「老師，阿興用水潑我……」唉，眞是拿阿興沒辦法！

一天，作文課，我叫孩子們寫「我的志願」，阿興在作文簿上，只簡單地寫著幾個字——「老師，我長大後，要做一個流氓！」

我看了，嚇了一跳，因爲從來沒有一個孩子說，長大後立志要當「流氓」。我找阿興來，問他：「爲什麼想當流氓？」

他說：「當流氓很跩、很屌、很酷啊！每個人看到流氓，都會趕快閃開啊！而且，以後說不定還可以當『流氓教授』！你看，電視上不都在演『流氓教授』？……」唉，我真是說不過他！

■他踢正步，充滿著自信與驕傲

不久，運動會快到了，班上需要一名帶領同學進場的「掌旗手」，我問大家：「誰想當掌旗手？」

此時，好多男生都搶著舉手，其中，阿興的手舉得特別快、特別高。

可是，小娟大聲說：「阿興，你怎麼能當掌旗手？掌旗手應該是班上表現最好的同學、能代表全班的，你這麼壞，只會欺負女生，怎麼能代表我們班？……」

「沒關係、沒關係，想當掌旗手的人，大家都有機會！」我不想讓阿興失望，於是提議——全班都到操場上，讓想當掌旗手的同學，都在大家面前，「拿班旗、踢正步」，走走看，大家一起來評分。

在幾位男同學之後，阿興拿著班旗，裝著一副雄糾糾、氣昂昂的模樣，踢著拙拙的正步前進，把全班都笑翻了！可是，他整個神情，十分認眞，也充滿著「無限的光榮、自信和驕傲」！

眞的，阿興挺著胸、護著旗的姿態，是那麼酷、又帥，連他拿著班旗「向大會主席敬禮」時，舉上、舉下，都是那麼孔武有力，眞是有模有樣。所以，當阿興走完操場一圈時，再也沒有人取笑他，反而肅然起敬地抱以熱烈的掌聲！

後來，經過同學們票選，阿興成爲我們班的「最佳掌旗手」！他每天一到學校，就拿著班旗，一個人在操場上練習「踢正步」；他不畏懼其他同學異樣的眼光，一次、兩次、十次、二十次……不斷地練習。

當他回教室時，我對他說：「阿興，你眞棒，你是我們班上最有魅力的『最佳掌旗手』，你一定會表現很好，一定會帥呆了……」我停了一下，又說：「阿興，咱不要做『流氓』，咱來做『賽跑冠軍選手』好不好？」

阿興對我笑笑，也點點頭。

從那天起，阿興下了課，就不斷地勤練賽跑，繞著操場五圈、六圈、八圈、十圈……他不停地跑，跑得汗流浹背、跑到天色昏暗。

■我是最佳掌旗手，絕不讓大家失望

運動會那天，阿興依然梳著油油、亮亮的頭來學校；當司儀宣布「運動員進場」時，阿興精神奕奕、神采飛揚地撐著班旗，一副又酷又帥的臉，像阿兵哥一樣地「踢著正步」，帶領全班同學進場！

此時，全場響起了瘋狂的掌聲與叫聲，也有別班的小女生故意喊著——「言承旭，我愛你！」

然而，阿興酷酷的臉，頭不回，笑也不笑，炯炯的眼神，直視前方、勇往邁進！他知道——「今天，我是最佳掌旗手，我絕不吊兒郎當、也絕不讓全班失望！」

❀

那天，阿興除了是最酷、最棒的掌旗手之外，也是我們班接力賽的「第一棒」，他帶領全班大隊接力衝向第一、勇奪冠軍，足足贏了第二名的班級，有操場一整圈之多！

後來，阿興當上體育股長，也成爲學校田徑校隊；他在教師節時，偷偷塞給我一張卡片，上面寫著：

「親愛的老師：

謝謝妳給我的愛，我不想再做流氓了，

我要當賽跑冠軍選手，我要把愛傳下去……」

戴老師小講台

一九九八年，台北林口發生一件弒父殺母、震驚全國的兇殺案，兇嫌林清岳在犯案的隔天，立即被警方查獲逮捕；林嫌在接受警方偵訊時，絲毫沒有悔意，其頑劣不羈的態度，令人髮指。而在台北看守所羈押三年多之後，林嫌已在法律的槍響

下，伏法結束生命；但他也捐出了心、腎、眼角膜、骨骼與皮膚等多項器官。

不過，在林嫌入獄一個月之後，他就開始寫信給家中剩下唯一的親人——姊姊，表白自己「做了這件沒天良的事，非常後悔」。

林清岳先後連續寫了數十封信給姊姊，其中，他說：「我現在也很恨自己……我當時是氣昏了頭，才會錯手殺了爸媽，我絕不是故意的，我絕不是外傳的那種人……我不求任何人原諒我，但只求妳明瞭。」

「記得小時候，爸和媽對我總是忽冷忽熱，有時完全不理我……我常一個人躲在房間裡哭，一個人待在家裡，沒有人陪我、沒人關心我……爸有時喝醉了，就罵我，要不然就打我……有

人知道我心裡的痛苦嗎？……對，我是壞，但有人真心教導過我嗎？……」

看到林清岳的自白信，我的心一陣難過；對，孩子是錯了，但父母沒有錯嗎？父母有盡到教養的責任嗎？老師和社會沒有責任嗎？犯下弒殺父母滔天大罪的孩子，難道「只有他一個人有錯」，該被槍決？

歌德說：「一個人的缺陷，來自他的孩提時代。」

孩子的心，就像個「海綿」，可以吸收清水，也可以吸收髒水；大人可以將孩子雕塑成「好」的個性，也可以讓他養成「不好」的習性。

但，人的心，總是良善的、是美好的、是面向陽光的，「只要愛的資糧足夠，就沒有不能改變的學生！」

說一句真心話——誰真的願意當流氓？誰願意泯滅天良地殺害父母？每個孩子都想被人疼愛、都想進步、都想成為嶄新、有成就的我呀！

犯錯的孩子，只是「缺愛、沒人愛、被染壞」而已啊！

因此，有些孩子或許不會唸書，但他在其他體能、技藝方面，也可能有很不錯的一面，老師絕不要吝嗇給予他表現的機會；老師要像一名舵手，指引孩子人生方向，讓他看得見未來，看得見生命的美好呀！

愛的激勵小啓示

● 其實，輔導孩子的諮商方法，最重要的是「要用那顆真誠的心和態度，陪伴孩子傾吐心事」罷了！

● 以前，我那快五歲的兒子說，他很想當張飛，因為「當張飛，騎馬很威風、很帥，可以殺很多人！」其實，孩子的話只是天真的童言童語，大人不必因孩子的話與社會規範、社會價值觀不同，就立即怒斥他、責備他。

● 愛，是「不排斥、不隔離、不貼負面標籤」。而且，「愛他，就要給他機會表現！」

● 老師是一名舵手，指引孩子人生方向，也看見生命的美好！

讓孩子的心，從挫折中「看到希望」

老師，請您幫我當上班長

老師的角色，
可能是孩子邁向成功的「殺手」，
但也可能是「推手」；
老師可以用愛、用心、用巧思，
來點亮孩子心中黑暗之光，
也可以「用愛的今天，照亮孩子美麗的明天！」

就如先前所提，在我的班上，「班長」不是只有一個，而是週一到週五，每天都有一個小朋友輪流當班長，所以可以稱之爲「值日班長」；只要月考成績好，前五名，就可以分別當週一到週五的班長。也因此，我們班上的班長經常有不同面孔出現，只要努力，就有機會享受「當班長的榮耀」！

有一次月考成績結束後，彥宏主動來找我，小聲地說：「老師，我好想、好想當一次班長哦，我從來沒有當過班長耶……」

當時我正在批改簿子，一聽，嚇了一跳，因爲彥宏的功課很不好，月考成績是全班「倒數第三名」。

我問他：「你怎麼會想當班長呢？」

「老師，當班長很好啊，可以管同學、管秩序啊！……老師，班上很多人都當過班長，只有我沒當過！我……我想當當看嘛！」彥宏的臉，充滿著期待。

「可是，你怎樣才能當班長？」我問。

「老師，就是月考要考好啊！」彥宏靦腆地對我說：「老師，我知道我的成績不好，上課常不專心，考試也都是粗心大意、糊里糊塗的……老師，妳可不可以幫助我當上班長？」

我聽了，愣了一下——怎麼會有這麼主動的孩子呢？我問他：

「那你要老師怎麼幫你呢？」

「老師，妳以後就多盯著我嘛！我上課不專心時，妳可以罵我；我寫錯字時，妳可以叫我罰寫……妳也可以多給我機會，叫我上台背書、算數學……老師，妳只要多嚴格管教我，我的成績就可以進步了！」

「好啊，老師一定會嚴格管你、督促你！可是你要記得，以後如果你做不好，老師責備你、處罰你，或是同學嘲笑你，你都不能生老師的氣哦！你不要認爲老師不喜歡你哦！」我先向彥宏約法三章。

「不會、不會，老師，我絕不會生氣，我也不怕丟臉，我要試試看，我能不能靠自己的努力，當上班長？」

■老師，妳多嚴格管教我，我就會進步了

從那天起，我就經常叫彥宏上台演算數學、背書，或寫語詞、造句……如果他寫錯了，我就叫他罰寫三遍！而上課時，如果彥宏不專心，我就點他的名，叫他起立唸課文，讓他出糗！

真的，有些同學都看得出來，彥宏「運氣很背」，一天到晚，常被老師叫上台、被老師罰寫，甚至被老師罰站……可是，彥宏都很聽話，也沒有怨言，下課時常不出去玩，都留在教室裡罰寫、或複習功課！

然而，彥宏心裡知道，他和我之間，有個不為人知的「小秘密」！

第二次月考快到了，彥宏比以前更努力、更用心，也不再慌張、粗心；而在考試前夕，我向同學們預告：「大家要努力哦，尤其做班長的同學，這次月考，可能會有『黑馬』出現，會跑出來篡你們的寶位哦！」

「老師，誰是黑馬？……」

「你們猜呢？」我賣個關子，笑笑；而同學們也都彼此相視、相望，卻不知道誰會是「黑馬」？

幾天後，月考成績揭曉了——「第一名，是美萍……第二名，是德昌……」全班小朋友照例都熱烈地鼓掌！「接下來，第三名……第三名……是……彥宏！」

當我唸到彥宏的名字時，全班小朋友「哇！」大聲一叫——「怎麼會是彥宏呢？」「怎麼會是他呢？」……在大家的鼓掌聲中，或說是質疑聲中，只見彥宏從椅子上站了起來，他，他竟然哭了出來！

■只要你說能，你就一定能

「來，彥宏，你到前面來領獎狀……」我站在台上說道：「今天，彥宏得了第三名，拿到我們班上的『成績優良獎』，同時，也得到『最佳進步獎』；因為，他上次是考全班倒數第三名，而這次，他的成績進步最多……所以，從今天開始，彥宏就是我們班『星期三的班長』了！」

當彥宏紅著眼睛，拿著獎狀回到座位時，我告訴同學們心中的秘密：「你們知道彥宏這次為什麼考這麼棒嗎？」

「老師，因為彥宏最近最倒楣、被您罵最多，也常被您叫上台寫字……」班上細心的同學說道。

「對，彥宏最近很倒楣，常被老師點名上台，或被老師責罵，可是這是他主動向老師要求的；因為他想要有個好成績，想要靠自己的努力當上班長，現在，他做到了！**所以，只要你想要、只要你自己覺**

得能，你就一定能！」

■老師，我來幫妳撐傘

一天快放學時，突然下起了傾盆大雨。我的腳踏車放在沒遮雨棚的教室後院，這時彥宏對我說：「老師，妳的腳踏車在淋雨耶！」

「沒關係啦，雨下這麼大，老師現在不能去牽進來！」

「可是，老師，雨下這麼大，妳的電動腳踏車會被雨淋壞掉耶！」

我想，也對，就問全班小朋友：「誰願意幫老師撐傘，讓老師去把腳踏車牽進來？」此時，全班同學都你看我、我看你，都嘟著嘴說：「雨下這麼大……」

「老師，我來幫妳！妳不要擔心，我有一把大傘！」只見個子矮小的彥宏大聲地說道。

隨後，他立即拿著一把大傘，走到我前面，而且，竟像大哥哥一樣，主動地「牽著我的手」，走向教室外。

在滂沱大雨之中，風雨實在太大了，傘也被吹得快撐不住了；我看見彥宏用盡全力撐著大傘，他小小的身子，還不斷地發抖著。彥宏，他怕我淋溼，他用全部的傘，遮住我胖胖的身體，而他自己，全身都淋溼了。

回到教室後，我對彥宏說：「彥宏，謝謝你幫老師撐傘！你過來，老師用吹風機幫你把頭髮吹乾！」

這時，下課鐘聲響了，只見彥宏把頭髮上的雨水用力甩一甩，並揮揮手說：「老師，不用了，我回家了！我家就住在附近，我回去洗個澡、換個衣服就好了！」

任憑我怎麼叫他，彥宏拍拍身上溼答答的雨水，背起書包，挺著小小的胸膛，一直往前走，都沒有回頭……

戴老師小講台

有個老師在上課時，學生態度很壞，經常故意吵鬧、講話，老師氣得大聲說：「你這麼混、這麼壞，以後絕不會有什麼出息的！」有時，老師輕率的一句話，或許不覺得有什麼不妥，可是，卻可能深深烙印在孩子心裡一輩子。

教育的目的，是在啟發孩子「從不會到會、從不懂到懂」，也誘發孩子「從懵懂無知到看見自己的未來」！

老師本身不能在心裡先貶抑孩子、放棄孩子，而是必須用心「推孩子一把」，讓孩子的心，從挫折當中「看到陽光與希望」，進而不斷地努力前進。就像本文中的彥宏，儘管過去成績只是全班倒數第三名，但他和老師有「小秘密」、有「默契」，願意努

力地加倍用功，希望當上班長。

因此，老師是孩子成功的「愛的推手」，他絕不能用「冷漠、澆冷水」的口吻來說話，他必須給孩子信心、為孩子燃起生命的希望，以「既是老師、又是朋友」的角色，來幫助、鼓勵孩子實現夢想。

諾貝爾文學獎得主高行健先生，於瑞典領獎時說——在唸中學時，教作文的一位「老老師」在黑板上掛了一幅畫；老師說：「我不出題目了，你們就寫這張畫吧！」

可是，高行健說，他不喜歡這幅畫，所以就寫了一大篇對這幅畫的不好看法和批評。後來，老師把作文簿發下來了，老先生不但沒有生氣，還給他一個很好的分數，甚至在文章之末，還寫上評語——「筆力很健！」

哇，老師「筆力很健」四個字，對高行健而言，真是一大鼓舞，所以，高行健就不斷勤快地一直寫，寫到中年、寫到獲得諾貝爾文學獎。

真的，老師的角色，可能是孩子邁向成功的「殺手」、但也可能是「推手」；因為——

「一粒沙，可以看世界；一朵花，可以想見天堂；一個孩子小小的心，也可以無限偉大！」

只要老師用耐心、細心來啓發孩子的「榮譽感」與「自信心」，也誘發他努力學習向上的「企圖心」，則孩子小小的心，就可以無限偉大！

愛的激勵小啓示

●老師的用心與巧思，可以「用愛點亮孩子心中黑暗之光」，也可以——「用愛的今天，照亮孩子美麗的明天！」

●老師，就像一朵充滿生命力的「愛的太陽花」，對孩子的愛，永遠散發著太陽的光和熱。

●西洋教育家拉西曼說：「不喚起學生學習的慾望，而只用權威式、強迫式教學生的老師，等於是在打一根冷的鐵。」

●老師與父母，要用耐心與細心，來啓發孩子的「榮譽感」與「自信心」。

別「只顧要面子，忘了照鏡子」

老師，妳能對我笑一笑嗎？

正當我沉醉在「全校第一」的興奮之時，
一位男老師走過我身旁，
用一副冷冷、不屑的口吻對我說：
「妳這麼厲害、這麼會教，
我們全校學生都給妳一個人教好了！」

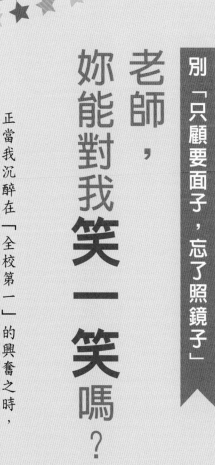

以前我當學生時，我很少在考試或比賽中拿到「第一名」；但當了老師以後，我常要求學生，不管是演講、朗讀或作文等各項比賽，都儘量要拿第一名。

我的信念是——「只要練習、再練習，就一定會有好成績！」逐漸地，我很喜歡「得第一名」的感覺。我常告訴學生的一句話是：「老師教過的班級，沒有不是第一的，所以，你們也要得第一！」

有一次，學校辦運動會，其中有一項趣味競賽叫做「水中撈月」；也就是小朋友必須拿著湯瓢，從起跑線跑到約兩公尺半前的小水桶裡，撈起小乒乓球，再跑回原點，將小乒乓球丟進水桶裡；然後，再將湯瓢交給下一個小朋友。

平常，我們班在接力賽、躲避球賽，都拿第一，我想，連趣味競賽，我也一定要囊括「三項冠軍」！所以放學前，我集合了全班小朋友，要求每人都要練習撈球和投球，務必將動作練習得十分俐落，也必須將乒乓球連投兩次入桶後，才能回家。

經過練習後，小朋友的動作都不錯，可是，只有伶燕一人非常笨拙，她的手腳很不靈光，輪到她時，她怎麼投，就是無法將乒乓球投進！我坐在水桶旁的小凳子上，又急又氣：「伶燕，妳怎麼這麼笨？怎麼老投不進？」

只見伶燕一臉緊張，因爲全班同學都在盯看她「笨手笨腳」的模樣。

而我，也愈來愈沒耐心，臭著臉罵她：「伶燕，拜託妳用心一點好不好，怎麼投那麼久還投不進？……妳看，妳投不進，後面的小朋友都不能玩了！」

這時，伶燕一臉蒼白，她手上的湯瓢和乒乓球，也不停地顫抖！當伶燕再投——「唉，怎麼又投不進？重來！」我眞的好氣，伶燕怎麼會笨成這樣呢？

後來，天色暗了，我讓其他小朋友先回家，唯獨留下伶燕，在教室裡一次、又一次地練習。我板著臉，很不悅地對她說：「妳再不用心投球，再投不進去，就不能回家！」

可是，伶燕愈緊張，球愈是投不進去！

■妳怎麼笨手笨腳，球老是投不進？

眞的，天色已完全黑了，教室裡只剩下我和伶燕兩人。當我氣得火冒三丈時，只見伶燕滿臉委屈、號啕哭著，整個人幾乎像崩潰似地，撲跪在水桶邊，也把乒乓球重重地甩進水桶裡……

「不行，這樣不行，妳不能違規，妳一定得按照規定把球投進才行！」我嚴厲地罵著伶燕。

這時，我聽到敲門聲，原來是伶燕的媽媽來了，她著急地問：「老師，到底發生了什麼事？怎麼這麼晚了，我們伶燕還不能回家？」

我很不高興、板著臉說：「下星期一就要運動會了，全班都要參加趣味競賽，可是，只有伶燕一個人笨手笨腳，老是不能把球投進桶子裡……」我的話還沒說完，一旁的伶燕就「哇……」，抱著媽媽大哭起來！

「老師，這麼晚了，我可不可以先帶伶燕回家吃飯……這個週末，我一定會幫她練習的！」在媽媽的懇求下，我同意她們母女離開。

■拜託，妳一定不能失誤、不能擺烏龍

可是，當我看著伶燕一邊走、一邊哭，而媽媽代她背著書包走出教室、走向暗暗的長廊時，我的心突然痛了起來——「我在幹什麼？為求第一，我這麼嚴厲、不擇手段地對學生，這樣對嗎？……」

星期一，運動會到了，我怕伶燕還是手腳笨拙，會誤到全班的成績，所以我把她安排在趣味競賽的「最後一棒」。正式比賽時，每個

小朋友都因事前有過演練，所以就像一支訓練有素的隊伍，各個動作敏捷，速度都保持超前；快輪到最後的伶燕時，我好緊張，深怕她老是投不進乒乓球，會害全班無法得到「第一名」！

「快，伶燕，輪到妳了！快……」這時，伶燕依舊臉色蒼白、右手發抖！當她用湯瓢把乒乓球撈出來時，全班高興地大叫：「快！快！加油！」伶燕幾乎不敢呼吸地跑回原點，驚恐地站立，準備將手上的乒乓球投出！

「拜託，伶燕，妳一定不能失誤、不能擺烏龍……」我的心怦怦跳，也暗自說著。

當伶燕將乒乓球丟出的那一剎那，全班三十多個小朋友的眼睛，都跟著球兒「飛——咻——」哇！天哪，伶燕居然「一球中的」！

「好棒哦！伶燕，妳好棒哦！」我抱著伶燕，興奮地跳了起來，全班也瘋狂地大叫——「我們第一名耶！……」

■我最害怕的一件事是……

運動會結束了，準備頒獎，當司儀喊著，大隊接力、躲避球、趣味競賽，我們都囊括「第一名」時，只有我們班的孩子不停地歡呼叫好，但其他班都冷冷的，用很厭惡的眼神看著我們，連一點喝采聲都沒有。

正當我沉醉在「全校第一」的興奮之時，一位體衛組長（男老師）走過我身旁，用一副冷冷、不屑的口吻對我說：「妳這麼厲害、這麼會教，我們全校學生都給妳一個人教好了！」

天哪，這句話，如同一記棒喝，重重地捶打在我的腦袋。

我樣樣比賽，都要求學生拿第一，真的已經傷害到全校老師的和諧！尤其是「趣味競賽」，老師們事先都已講好，純粹好玩、同樂，不要叫學生練習，而我，卻硬是逼學生「也要拿第一」。

一星期後，在國文課堂上，我要小朋友寫「最令人害怕的一件事」；當我翻開伶燕的簿子時，她寫著——「老師生氣、嚴厲的臉，是最令我害怕的一件事……」

這句話，讓我的心，好痛、好痛；從此，也讓我警惕、謹記在心！

戴老師小講台

美國有一家卡片公司，將自己的公司定位為「愛的溝通者」，並在電視上做廣告。

廣告中，有一個調皮的小女孩，拿著一張卡片，遞給從來不苟言笑的鋼琴老師；卡片上畫著一個可愛的小鬼臉，旁邊還用孩童的筆跡寫著：「老師，妳能笑一笑嗎？」

那鋼琴老師嚴肅地看了一眼卡片之後，在她尷尬的表情中，擠出了一絲僵硬的微笑，這時，四處的音符開始輕鬆跳動起來！

老師的微笑，對孩子來說，就像皇上的恩寵、就像及時的甘霖，令人興奮、快樂、雀躍；老師的微笑，更可以建立孩子鍥而不捨、更加努力向上的信念。

可是，有時老師的課堂壓力、校長壓力，甚至自我壓力，常搞得自己一臉嚴厲、沒笑容，令孩子看了十分畏懼、害怕。

就像本文中的故事，在趣味競賽中，倪老師只看到「競賽」，而忽略了「趣味」；她以「事事要求第一」的心態去要求學生，也以一張「逼迫的臉」以及「刻薄的話」，去強迫孩子非得第一不可。

可是，孩子動不動就被罵、被嚴厲要求，早已失去學習的樂趣與熱情；孩子心中所記得的，只是老師一張「面目可憎的臉龐」呀！

因此，老師的臉和所說的話，可能讓孩子「充滿無限的希望」，也可能把孩子「推入絕望的谷底」。

老師寬容或嚴厲的言詞和態度，對孩子而言，真是有如「天堂、地獄」之別啊！

《聖經》以弗所書說：「汙穢、傷人的言語一句不可出口，只要說幫助人、造就人的好話，叫聽見的人得益處。」

這句話很淺顯，很容易懂，但是老師、父母，以及我們每一個人，都必須用一輩子的時間去學習啊！

愛的激勵小啓示

●老師不能一直「只顧要面子，而忘了照鏡子」啊！

●孩子最需要的，不是讓他們「事事得第一」的老師，而是一位「會微笑、有人味、有同理心」，而且會用心疼愛他們的老師。

●老師不能塞錯東西給小孩——「強迫的愛、責罵的愛、嚴厲的愛，都會變成孩子心中不可磨滅的『恐懼』與『驚駭』！」

●老師的微笑，會使孩子快樂、雀躍，也建立孩子更加努力向上的信念。

第二篇

用愛，照亮孩子美麗明天！

老師不能只會做「一指神功」的人

她，天天圍著絲巾來上學

如果，老師只出一張嘴，
指揮孩子做這個、做那個；
命令孩子洗這個、掃那個；
只會伸出食指發號司令、口出派令，
則孩子將來也會是同一模子塑造出來，
也是「一指神功」、「只說不做」的人啊！

在學校的團體活動課中，我擔任「演講朗讀」的指導老師；一般而言，各班來參加演講朗讀的小朋友，都比較有自信、敢上台、侃侃而談。

可是，那一學期，一個別班三年級的女孩雅琳，主動來上演講朗讀課，而她穿的衣服髒髒、臭臭的，頭髮也油膩膩的，好像很多天沒洗了。那天，天氣很熱，但雅琳圍著一條絲巾在脖子上，低著頭、不說話，坐在最後一排。

輪到雅琳上台朗讀時，她膽怯地走上台，拿出一張縐縐的小紙條，很小聲地唸；她油膩的頭髮，從兩耳旁邊垂下，幾乎把半個臉都遮住了。看得出來，雅琳是個「內向的女孩」。

三個星期後，我很訝異，因在大熱天裡，爲什麼雅琳連續三週都繫著絲巾來上課？下課時，我留下雅琳，請她幫我擦黑板，也和她聊聊天。她說，她喜歡看電視，也喜歡聽故事，她希望有一天，也能很會講故事。

我看著雅琳，也看著她脖子上的絲巾——噢，老天那是一條髒污、又有汗臭味的絲巾，似乎已跟脖子油黏在一起。我不解地問：「雅琳，妳脖子痛是不是，怎麼一直圍著絲巾？」

雅琳一聽，急忙用手遮住脖子。

「雅琳，妳是不是脖子受傷？來，讓老師看一下……」

「老師，我不要打開，同學看到會笑我！」

「怎麼會呢？如果眞的受傷，同學怎麼會笑妳？」我一邊說著，一邊輕輕地解開她的絲巾。

天哪，怎麼脖子、喉嚨下方，全都是嚴重灼傷的皺疤痕？我嚇著了，問她：「妳是怎麼受傷的？」

「老師，我是吃泡麵燙到的！」

「啊？吃泡麵？……吃泡麵怎麼會燙成這麼嚴重？」我眞的不了

解，她脖子上的皮肉，都已燙到皺紅在一起。

「老師，那是我一年級時，下課回家，肚子好餓，就自己煮泡麵吃；當我端著剛泡好、很燙的泡麵要吃的時候，電話突然響了，我嚇了一跳，不小心跌了一跤，燙開水就淋到我整個脖子……老師，妳看，到現在都還沒有好。」

「沒關係，它會慢慢好的。」我安慰雅琳說：「可是，妳不能用絲巾一直圍著脖子啊！皮膚要接受新鮮空氣、要呼吸，才會好起來呀……」

■老師進來看看妳好不好？

隔兩、三天，我到市場買東西。我記起雅琳告訴過我，她家就住在附近，於是，我找到她家。我停好腳踏車，透著玻璃，我看到雅琳一個人坐在電視桌前，正一邊吃泡麵、一邊看電視。我敲門，雅琳一回頭，看到我，嚇一跳，臉色都變了。她一直搖搖手說：「沒有人在，沒有人在！」

「沒有人在沒關係，老師沒有要跟誰說話，老師只是來看看妳！妳在吃泡麵啊？」

雅琳聽了，點點頭。

「妳在看電視啊？」雅琳聽了，又點點頭。

「老師進來看看妳好不好？」雅琳聽了，急得搖搖頭。

可是，我順手推開門，進了屋子——天哪，我一下子嚇壞了！怎麼全屋子這麼凌亂？屋子裡全堆滿雜物、泡麵箱子、髒碗盤、髒衣服……雅琳家雜亂得幾乎沒有地方讓我站，只有電視機前的小桌子，稍有空間，剛好讓雅琳坐在那裡看電視。

「雅琳，你們家怎麼會有這麼多衣服？怎麼都沒洗？」

「老師，我……我們家有六個小孩，所以有很多衣服！老師，我……我有三個媽媽，我哥哥姊姊跟我是不一樣的媽媽……他們都在唸國中、高中；我爸爸媽媽都很忙，都很晚才回來，所以沒有人整理，就變這麼亂！」

我望著雅琳，這可憐的孩子，在這麼複雜的婚姻家庭裡長大，難怪家裡又髒又亂……

■我們來一起洗衣服好不好？

「那妳爸爸媽媽在做什麼？」

「老師，我自己的媽媽已經跑掉了，我不知道她在哪裡！現在的媽媽，每天跟我爸爸到處在擺地攤……」

唉，小小的雅琳，她有個可愛的臉龐，卻沒有人來愛她、照顧她。

「來，我們來洗衣服好不好？」我對雅琳說。

「可是……老師，衣服太多了，不知道怎麼洗？」

「沒關係，只要有洗衣機、有洗衣粉、有水就可以了……只要一次洗一點，就可以把這一大堆衣服洗完！來，老師來教妳！」我帶著雅琳，先把髒水排乾，再放入乾淨的水、洗衣粉、髒衣服……

說眞的，雅琳很乖、也很聰明，教她一遍，她就會自己操作了，她試著把一堆、一堆的髒衣服洗乾淨，我們再一起晾乾。

「雅琳，妳好棒哦，妳這麼小就會洗衣服了耶！妳明天再把其他衣服洗乾淨，明天老師再來看妳！」

「老師，不用了，我自己會洗了，明天妳不用來了！」眞的，受過苦的孩子很有自尊心，學習能力也很強。

■她騎著腳踏車，昂著飄逸的頭髮……

一星期之後，在演講朗讀課堂上，雅琳穿著乾淨的衣服來上課。

她笑嘻嘻地對我說：「老師，我媽媽說我很能幹，衣服洗得很好！」

那天，雅琳已經不再繫絲巾了，她又自信地對我說：「老師，我要讓我的皮膚呼吸、要讓我的脖子迎向陽光！」

後來，雅琳長大、升上國中了。有一天，我要上班時，在路上看見雅琳穿著乾淨的制服、騎著腳踏車，迎面而來！

在晨曦朝陽中，雅琳昂著飄逸、飛揚的頭髮，高興大聲地對我說：「倪老師好！」

我歡喜地看著她——她，露著脖子疤痕，不再緊繫絲巾、也不再害怕！而我，永遠記得她先前所說的：「老師，我要讓我的皮膚呼吸、要讓我的脖子迎向陽光！」

戴老師小講台

俗話說：「**給他吃魚，不如教他釣魚。**」

一些孩子家境清寒，家長也為了賺錢而在外勞碌奔波，以致使孩子孤苦伶仃，也不知如何面對雜亂無章的家；然而，因著「家庭訪問」，老師知道孩子所面臨的問題和困難，進而帶孩子一起學習解決困難，這真是個「美善的教育」啊！

所以，**「只要親近，就能了解；只要去做，就能真實體會。」**

老師不能只會做一個「一指神功」的人——只出一張嘴、指揮孩子做這個、做那個；命令孩子洗這個、掃那個……

老師就是孩子的「模子」，也是「倣效」的對象；老師若

只是「一指神功」的人，只會伸出食指發號司令、口出派令，則孩子將來也會是「同一模子」塑造出來，也是「一指神功」、「只說不做」的人啊！

美國教育學家葛拉塞（William Glasser）曾大聲疾呼：「不要放棄任何孩子！」他並提出所謂的「三R理念」：

一、**Right：教導孩子有正確的判斷力，把事情做好、做對**——因為「做對事」，以及「把事做對」，都同等重要；而方向正確、方法正確，事情就能事半功倍。更重要的是，絕不能使孩子的人生路走偏了！

二、Reality：**教導孩子面對現實**——不好高騖遠、不妄想一步登天，也不建造空中樓閣；要在現實環境中，懂得學習、懂得感恩，腳踏實地、辛勤努力、克服困境；這，才是教育、生活的本質啊！

三、**Respons ibility：教育孩子有責任感**——雖然生活中有錯誤、有挫折、有嘲笑、有失敗，但是，每個人都要為自己的行為、為自己的成敗負責，也要有更強的「挫折容忍度」。

的確，老師若能在陪伴孩子時，不只是空口指揮，而是親自帶他、教他、協助他解決問題，則孩子就能勇敢面對困境，也會有更積極的生活態度，來迎向光明人生。

愛的激勵小啓示

●不要讓孩子「有求必應」，要教他在挫折時，勇敢面對困難、解決問題，將來進入社會，才有更足夠的適應能力。

●捨得讓孩子做好家事，不僅會使孩子學到做事的方法和技巧，也會讓孩子體會父母的辛勞，進而養成勤勞、孝順、獨立的好習慣。

●在訓練孩子的過程中，要懂得「放手」，也要「放心」，更要捨得讓孩子「吃苦」，孩子的潛力才會大大地發揮出來。

●教導孩子有「正確的判斷力、責任感」，以及更強的「挫折容忍力」。

善心美意，就能轉惡因為善緣

老師可以和孩子們「談情說愛」

老師「維持心情穩定」是很重要的，
因為，當心情不穩定時，
看什麼事，都可能會有偏頗。
老師需要學習「轉念」，
千萬不要「放大不喜歡孩子的缺點」，
而「縮小他的優點」啊！

雖然「爲人師表」是一件神聖的工作，但是，在現今社會中，當老師，似乎比較少受到學生的尊敬；有時上了一整天的課，學生不停地吵鬧，或是頻頻出狀況，搞得老師心情很壞、也很生氣。

例如，才上學沒多久，就有兩個小朋友一言不和、大打出手；

下課時，又有小朋友被躲避球打中，流鼻血；

中午休息時刻，總導護老師說我們班太吵、太鬧；

話才說沒多久，就有小朋友跌倒受傷，急送保健室。

同時，上午上課時，小朋友數學一直說懂，可是下午一測驗，就有一大半小朋友說不會寫……

那天我的情緒眞是壞透了，一整天都繃著臉、臭著臉，一直在罵學生；而學生也噤若寒蟬，教室裡更始終是一片「低氣壓」。

放學前的一堂課，是體育課，小朋友都到操場上玩，只剩下我一

個人在教室裡改聯絡簿。累了一天、煩了一天，又要改一大堆簿子，眞是很討厭……

可是，當時我的心裡突然有個念頭——**「我的心，是不是可以轉個彎？我要一直生悶氣、發脾氣，還是要轉個念、變快樂？」**於是，**我的心，開始轉彎、轉方向。**

我心想——我可不可以想想「每個小朋友的好」？因為，在這教室裡，我也曾經很快樂過呀！我不能讓我的心情，一直處在「低潮」的思緒裡呀！我要先改變自己的心，才能使教室裡的氣氛變得快樂！

■我要多想想每個小朋友的好

於是，從一號開始，我想到——冠州雖然功課不怎麼好，可是在打掃的時間，他都非常認眞；甚至水溝髒了、汙泥惡臭、別人不願清理，只見冠州二話不說，立刻用手去挖水溝裡的穢物，完全沒有怨言……我真心說，這些卑微的動作，連我自己都做不到！

所以，想到這裡，我就在冠州的聯絡簿上寫著：**「冠州，謝謝你常為班上用心地挖水溝！你很棒，老師感謝你！」**

以前，我在聯絡簿上，只會「畫個笑臉」，或簽個名；可是，當我寫到「謝謝冠州挖水溝」時，我的心就開始柔軟了，原先不愉快的心情，也就一點一滴地消失。

後來，我又想到，班上最頑皮、最愛搗蛋，也常讓我頭痛的阿欽，他……他有什麼好的地方呢？……有，我想到了——每週二、週四，營養午餐都有吃水果，而阿欽總會自動自發地說：「老師，我去抬水果！」

有一次，我就看到阿欽一個人扛著一大箱芭樂，走過操場，要給班上三十多個小朋友吃。在大熱天裡，阿欽扛得滿頭大汗、氣喘如

牛；可是，芭樂太重了、搬不動了，阿欽把一大箱芭樂放了下來，喘個氣、擦擦汗、休息一下，再繼續走……看到這一幕，我好感動，趕快叫其他小朋友過去幫忙！

阿欽雖然很皮、很愛搗蛋，有時甚至讓我討厭，可是當他爲班上同學付出時，我好像未曾對他說聲謝謝，也不曾用心讚美過他！而且，阿欽一進教室，他不是先挑好的芭樂給自己，而是先給老師、再給同學，最後自己才拿一個最小的吃。

想到這裡，我不禁在阿欽的聯絡簿上寫道：**「阿欽，謝謝你經常為班上小朋友自動自發地抬水果！你很乖、也做得很好，老師真的謝謝你！」**

■她每天為我泡一大杯茶，放在桌上

還有一個惠珠，她上課時老是愛講話、愛插嘴，每次我上課時，話還沒講完，就被惠珠打斷，惹得我不高興；有一次，我甚至很不悅地對她說：「惠珠，妳不要那麼愛講話好不好？妳那麼多嘴，把老師的話打斷，是很不禮貌的，妳知不知道？……」

儘管惠珠上課常被我責罵，但她每天一大早來學校，總是自動、乖巧地去提開水，把教室裡的飲水機灌滿，讓全班小朋友都有水喝；而且，她也不忘爲我泡好一大杯茶，放在桌上。

想到這裡，我眞是慚愧！惠珠只是在上課時插一下嘴，我就指責她，而我，卻忘了她爲班上做這麼多事！所以，我在她的聯絡簿上寫著：**「惠珠，謝謝妳天天為同學們提開水，也謝謝妳天天替老師泡茶，老師真心感謝妳！」**

寫著、寫著，我的心充滿了感謝，原先的怒氣和壞情緒都不見了。我的心所升起的是「善心美意」，就正如星雲大師所說的──「善心美意，就能轉惡因為善緣！」

■轉個念，教室內變得好快樂

下課鐘響了，小朋友跑回教室，也拿起桌上的聯絡簿看看！突然間，阿欽大聲說：「咦，今天的聯絡簿很不一樣耶！」

隨後小芳也說：「我也有，我也有！今天老師寫了很多字給我哦！」……

全班小朋友，都靜靜地把聯絡簿看完，大家的臉上，也都露出了笑容！

「好吧，放學了，明天見！」我話才一說完，只見每個小朋友都笑嘻嘻的，眼睛也都是亮亮的，手上還拿著聯絡簿，想趕快拿回去給爸媽看！

這時，我突然體會到——

「其實老師是可以每天利用聯絡簿，和孩子們『談情說愛』的。而且，老師也必須常『轉念』，教室裡才會有快樂的氣氛！」

戴老師小講台

有個老禪師，很喜歡養蘭花，所以在寺裡養了許多漂亮的蘭花。一天老禪師有事到外地，臨行前，交代小和尚，一定要好好照顧蘭花，不要讓蘭花枯萎了。

小和尚很聽話，每天都按時澆水，也把蘭花放置在陽光充足的地方，所以蘭花都長得很漂亮。

一星期後，小和尚聽說老禪師快要回來了，心裡很高興，就特別用心把所有的蘭花再澆一次水、好好整理一番！可是，就在緊張、興奮之中，小和尚不小心把蘭花盆碰倒了，其中兩、三盆蘭花也都連帶掉地、折壓到了。

此時，老禪師剛好回來，看見蘭花掉落一地的景象，嚇得小和尚一臉鐵青，趕快向老禪師下跪、道歉。

這時，老禪師笑笑說：「孩子，你不要害怕！我養蘭花，是為了怡情養性，也讓大家一起來欣賞、歡喜的，我不是為了生氣才養蘭花的！」

老師，是為了教育學生、為了讓孩子有歡笑，才來當老師的，而不是為了生氣，才來當老師的。雖然，有些孩子很壞、很皮，有些孩子成績很不好，但，也有些孩子任勞任怨、默默付出、認真學習，也都很活潑可愛啊！

其實，「維持心情平和、穩定」，對一個老師來說是很重要的！

因為，心情不穩定，看什麼事都可能會有偏頗。就如同心理學上所說，「心裡想好，就是好；心裡想壞，就是壞。」只要看對方不順眼，則不管他做什麼，你都看不順眼；只要看對方順眼，則不管他做什麼，你都覺得很順眼、很可愛！不是嗎？

然而，老師就是要學習「轉念」，千萬不要「放大不喜歡孩子的缺點」，而「縮小他的優點」；畢竟，即使是朽木，其中也可能有「一小塊好木」啊，我們也可以做個簡單的小造型啊！

所以，老師有時可以想一想——我不喜歡的孩子，有哪三個優點，值得我稱讚的？真的，只要用心想，一定會有的。

愛的激勵小啟示

●能「維持心情平和、穩定」、並「隨時調和身心、情緒」的人，才是有智慧的。

●老師要先排除自己心中的「負面情緒」，再真心、愉悅地去鼓勵孩子！

●當我們看不順眼的孩子「愈來愈多」時，看我們順眼的孩子，也就會「愈來愈少」。

●別「放大不喜歡的孩子的缺點」，而「縮小他的優點」。

每個孩子都希望「被看重、被欣賞」

今天我是超級巨星哦！

老師只要有心，

就可以讓上課氣氛「加料、加味、加樂」

老師要走出一本教科書、一支粉筆、

照本宣科的枯燥上課方式啊！

老師要廣搜資料、創意教學，

才能使上課的菜色「更鮮、更美、更有味」！

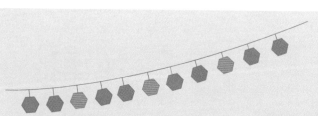

認識張惠妹嗎？當然認識！她許多年來，幾乎是無人不知的「歌唱超級巨星」，不僅在台灣紅，在馬來西亞、新加坡，甚至在大陸、美加，也都是紅透半邊天！

在台下，張惠妹是個平凡的女孩，可是一站上舞台，她就迸發出魅力四射的青春活力，又歌又舞、又叫又跳，只要看到她的表演，無不被她的迷人風采所吸引。

到底是什麼原因，能使一個台東原住民的小女孩，一躍而成爲全世界華人的超級巨星呢？她，張惠妹，上台時難道不害怕、不畏懼嗎？爲什麼她可以去除上台恐懼的心理，而從容自在地載歌載舞，成爲「流行音樂歌后」？

張惠妹年輕時，就有記者以這樣的問題來詢問她。

張惠妹說：「上台就像辦家家酒啊，有什麼好害怕的？」原來，張惠妹小時候住在台東鄉下，雖然她家並不富有，但是原住民都喜歡

唱歌，一下了課，小朋友們都自由自在，有如放山雞一般，到處唱唱跳跳。而吃完晚飯後，張惠妹就拉著表兄妹和鄰居的孩子們，帶著手電筒，蹲在住家附近的空地，玩「看她上台」的遊戲！

在那裡，沒有「台」，所有小朋友都蹲著；當節目開始，女主角出現，剎那間，大家都把手電筒「打亮」，也隨著張惠妹的歌舞旋律，一起擺動、一起揮舞！

這時，每人手上的手電筒，就像是「雷射光」一樣，不斷地來回穿梭、或聚焦在張惠妹的身上；而她，就是今晚的「Super Star」，所以，她就能「毫無畏懼、沒有膽怯」地放聲唱歌！

■讓小朋友都來享受「大明星」的滋味

看了這樣的報導，我想到——我也可以讓班上的小朋友們一起來當「Super Star」啊！在說話課、遊戲課、或表演時，我都可以讓小朋友來享受「大明星」的滋味。

於是，我叫每個小朋友都帶來一支手電筒，只要有人上台說故事、唱歌、或演短劇，就先關燈，然後台下的小朋友就一起拿著手電筒，往台上的同學身上照。

就這樣，孩子們愈來愈喜歡「過大明星癮」，都想上台說故事、唱歌、表演，來享受「聚光燈的榮耀」，所以，就逐漸不再有「上台恐懼症」了。

有一天，麗珍過生日，她自己忘了，可是我請班上一些小朋友站在台上，用直笛為麗珍吹奏一首「生日快樂歌」；接著，又有小朋友自動上台，為麗珍唱了「感恩的心」、「天黑黑」的歌。那天，上台的小朋友和麗珍，都成為手電筒聚光下的「Super Star」，好熱鬧、好快樂！

後來，我從抽屜裡拿出一罐「維他命C」，叫麗珍答謝大家，也分給每個小朋友一顆維他命C；同時，小朋友也都要向今天的壽星麗珍，說一句祝福的話。

阿義說：「祝妳，生日快樂！」

阿康說：「祝妳，將來嫁個好老公！」

小美說：「祝妳，愈來愈美麗！」……

最後，阿榮知道麗珍很喜歡小凱，就故意說：「祝妳，將來能和小凱結婚！」

哇，此話一出，所有的孩子們莫不開心地哈哈大笑！同時，大家也決定——今天開始，全班要好好用直笛來練習吹奏「結婚進行曲」了！

■大家一起來猜謎語

也有一天，小倩上台當「Super Star」，她準備了許多「謎語」來考小朋友，而大家也打開手電筒，把光打在她身上。

小倩說：「請問，一個心值多少錢？猜一句成語。」想啊想，大家實在猜不到，答案是「一億」。因爲，「一心一意」嘛！

「請問，圖書館裡少了一本書，猜一句成語。」嗯……好像很不容易猜哦！答案是——「缺一不可」。啊……什麼「缺一不可」？噢，原來是「缺一本book」。

「再請問，航空公司開業了，猜一句成語。」嗯……這一題好像好猜一點，答案是——「有機可乘」。

「再來，人在月下走，猜一句成語。」答案是——「形影不離」。

「再猜，螃蟹過馬路，猜一句成語。」答案是——「橫行霸道」。

「再猜，動物反芻，猜一句成語。」答案是——「吞吞吐吐」。

哈，眞有意思，今天小倩當「Super Star」當得眞好，寓教於樂，

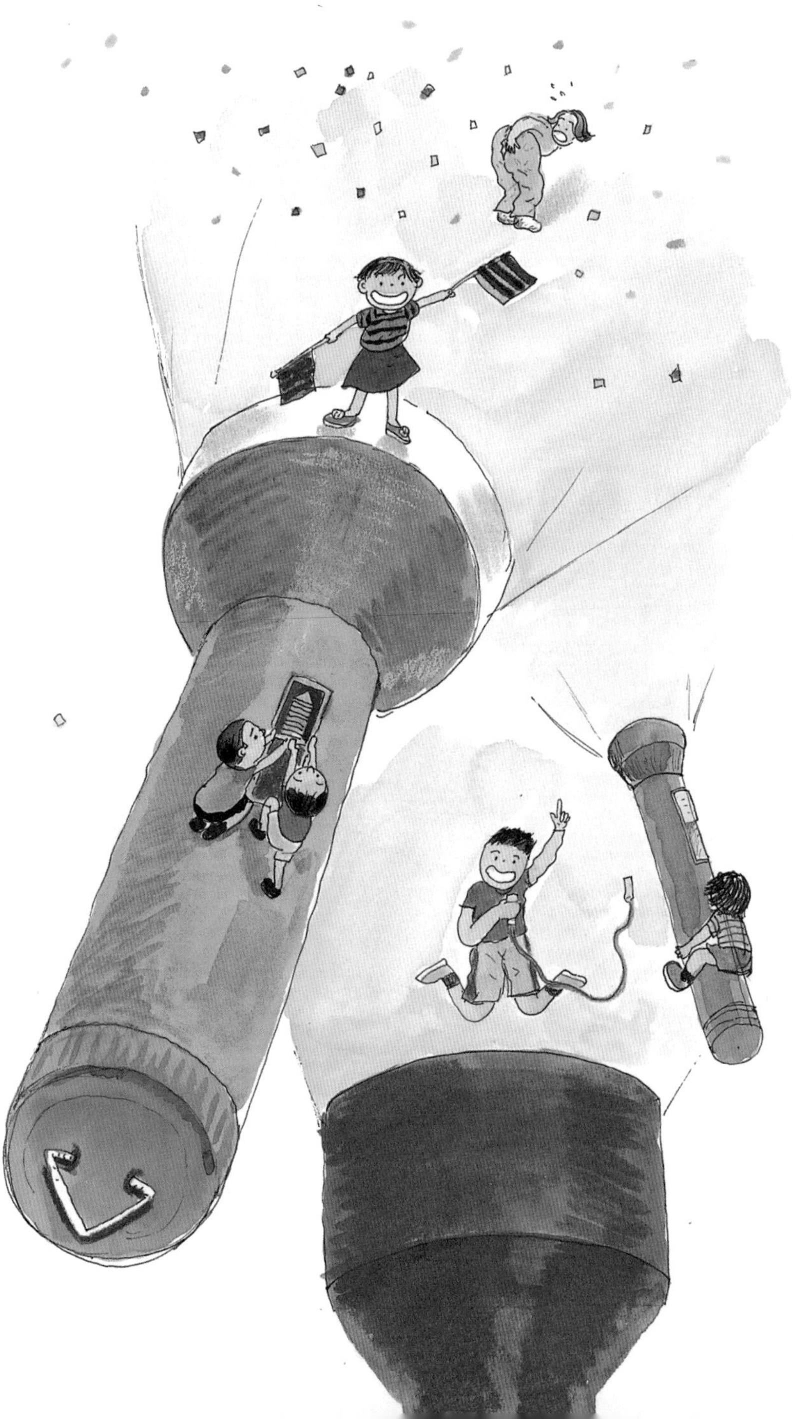

而且，每個小朋友也都學習到許多成語。

「好吧，快放學了，我們最後來唱一次『感恩的心』吧！」我站在台上，話一說完，隨即轉過身、彎下腰，按下放在地上的錄音機按鍵；沒想到，「ㄅㄧㄚ」一聲，我的褲子太緊，被屁股撐破了！

天哪，全班小朋友都笑成一團，而且他們手上的手電筒也都立即照在我的屁股上。

哈，那天，我竟成爲一個「最糗的Super Star」！

戴老師小講台

從小，在鄉下，我不太會唸書，從來沒有拿過第一名，也沒當過班長；不過，我父親訓練我寫毛筆字，讓我在鄉下小學，

就拿過全台書法比賽的兒童「佳作獎」。

同時，我父親也訓練我哥哥彈風琴，但因我不喜歡彈琴，所以父親就叫我學唱歌；記憶所及，小時候，許多場所都是我哥哥彈琴，我在台上唱歌。

稍長後，書法疏於練習了，唱歌也較少上台了，倒是自己喜歡找空地、找空教室、找司令台，來自我訓練上台說話、演講。因為，在台下，我不是很喜歡說話，但我喜歡上台侃侃而談、與人分享的感覺。

就像心理學上所說，每個孩子都希望「被注意、被看重、被欣賞」；但，假如孩子一直是「被遺忘在角落」、一直「沒有老師點名叫他上台」，一直「沒有被讚美、被喝采」，則他一定會沒有自信心，也沒有自我價值感。

其實，一個老師，天天都操著驚人的權能，駕馭著課堂上的氣氛；老師可以讓孩子的歡笑直上雲霄，也可以讓孩子們各個愁眉苦臉。

老師，更可以運用教學巧思，讓「聚光燈」投射到孩子的身上，讓他們成為「大明星」、或「被大家看見的焦點」，那麼，孩子的心就會充滿興奮、喜悅，也就會更認真去力求良好的表現！

所以，有些老師常保赤子之心，上課十分活潑，透過俏皮的化妝、戲劇的扮演，讓孩子融入劇情教學之中。

有些老師則是自購數位相機、錄影機，為孩子們拍攝上課「人人搶答」的畫面，或校外教學的歡樂實況。

也有老師，教孩子們自編「班級小報紙」，讓孩子們自己寫文章，甚至躍登刊物上的「封面人物」……

真的，老師只要有心，都可以讓學生的上課氣氛「加料、加味、加樂」；老師都要走出一本教科書、一支粉筆、聲調平淡、照本宣科的枯燥上課方式啊！

老師要廣搜資料、創意教學、引發學生興趣，才能使上課的菜色「更鮮、更美、更有味」！

因此，有人說：「只要把孩子當豬養，他就是一隻豬；把孩子當人養，他就是一個人；把孩子當大明星養，他就是個大明星。」

當然，我們不是說孩子以後一定會成為大明星，而是說，孩子因著大人們的重視、關愛和啓發，會變得更有氣質、更有內涵，也更有明星般的自我價值感。

愛的激勵小啓示

- 老師、父母巧思的教導，會使孩子感受到「聚光的愛」、「聚光的重視」，也就能薰陶出不同凡響的「奇幻少年」。
- 「老師要像個大磁鐵，吸住全班孩子的心。」老師的新奇教學方法和題材，都會緊緊地扣住孩子的心，引發孩子的好奇與興趣。
- 得天下之「天才、英才、庸才」而教好之，皆老師之大樂也！
- 每個孩子都希望「被注意、被看重、被賞識、被讚美」；別讓孩子一直「被遺忘在角落」，而失去其自我價值感。

不愛唸書的孩子，不見得就是壞孩子

暗巷中，他悲傷的背影…

每個孩子都是千里馬，
但需要碰到一位伯樂！
每個孩子都有自己的巧思，
但也需要遇見一位有巧思的老師。
每個孩子都是人才，
但也都需要老師因材施教，來發揮他的天賦！

在我的印象中，正良是個聰明的孩子，從小學一、二年級，成績都還不錯。可是，到了三年級，功課愈來愈多，他似乎變懶惰了，課堂上寫字、演算，他總是拖到放學時，還寫不完；月考寫考卷，他也都是拖到下課鐘響，還沒寫完。

每次我看正良的作業或考卷，我心裡就有氣，因他的字寫得不好看，動作又慢；同學收簿子時，他老是寫不完，同學們氣死了，我也氣死了——正良幹嘛都是慢吞吞的，有夠懶！

說眞的，同學們不太喜歡正良，我也不喜歡他！

我知道，正良的爸爸在菜市場賣些小古董、銅錢、或大陸古玉，媽媽則是賣滷味、雞翅、雞腳。平常他們都很關心孩子的教育，下課後，也把正良送到安親班上課，怎麼正良會變得這麼懶惰、功課愈來愈差？

一天，我騎著腳踏車到鎭上電腦中心學電腦，剛把腳踏車停好

——咦？怎麼暗巷裡有個小男孩懶懶地走著？仔細一看，他……不就是正良嗎？

在這寒冷的冬夜，都已經是晚上八點了，正良還在暗巷裡幹什麼？我回頭一看，原來正良剛從安親班裡走出來；他，低著頭，垂頭喪氣，懶散地走著。

眞的，我從來沒看過一個小孩有如此沮喪、悲傷、無力的表情！

正良，他的書包好重、好長；他的頭，低得好像快掉到地上；而他的蹣跚步履，更是沉重！他，是百般的不情願、拖著腳在走路。

看到正良的背影，我一陣心痛——正良，早上七點多到學校，下午四點多下課，就到安親班；而現在，已經晚上八點了，他還背著重重的書包，獨自在暗巷裡走……他的早餐、中餐、晚餐，都是在外面自己吃，可是，他只是一個九歲的孩子啊！

那時候，我突然發現，正良不是「令人討厭的孩子」，而是一個「可憐的孩子」。他才唸三年級，可是，天天上課、天天上安親班，他對「天天寫字、寫功課」已經十分厭煩；他對讀書，早已經沒有興趣了！

■老師可以用不同的方式，來評量學生

隔天，到了學校，看到正良，我的腦海中一直浮現著那幕——「暗巷中的悲傷背影」。

我心想，並不是每個小朋友都適合用「寫字」的方式，來做作業，或許，有些小朋友可以用「發表」的方式，來寫作業；一個老師，應該用各種不同的方法來評量學生，而不是只用「紙筆寫字」、「考卷測驗」的方式，來評量學生。

於是，放學前，我給孩子們社會科的作業是：「了解家人的職業」

——要訪問父母的工作爲何？爲什麼選擇該職業？並談談其中的快樂和辛苦。我要求孩子們，試著當一名記者，把訪問的內容記下來！

「啊？……又要記、又要寫哦！」正良一聽，又開始哀聲抱怨。

「不，不一定要記，你除了用手寫之外，你也可以用錄音機，把訪問的內容錄下來，再放給全班小朋友聽……」我補充說道。

這時，我看見正良的表情，從很悲傷、很哀怨，轉變成很快樂、很愉悅！

■他在菜市場，向父親做訪問錄音

一星期之後，社會科要交作業了。那天，正良興沖沖地第一個來學校，還沒進教室，他就對我說：「老師，我已經把作業做好了！我錄音了耶！」

我心想，每次正良都是最慢交作業的，怎麼今天變成最快的呢？

上課時，我對小朋友說：「今天，是正良第一個交作業，我們給他一個愛的鼓勵……」隨後，我請正良上台，播放他的錄音訪問。

這時，正良從書包裡，拿出了許多小古董、銅錢、銅像、古玉、茶壺……放在第一排同學的桌上，並說，他訪問的是他賣古董的爸爸——

「請問廖先生（不是請問爸爸哦），您為什麼會選擇賣古董的行業？」正良十分正經地問道。

「我選擇賣古董是有原因的，因為，我喜歡古董，從古董當中，我們可以了解歷史、也可以知道古時候的人，是怎麼在過生活？例如：從他們的錢幣、杯子、茶壺、佛像……之中，我們就可以知道他們的生活背景，而且，可以『以古鑑今』……」在錄音帶的真實吵雜聲中，小朋友聽得很訝異、也很興奮，因為——正良是親自到菜市場，向父親做錄音訪問。

以前，我經過夜市，看到路邊小販賣古董、古玉、古錢，我總覺得它們沒啥價値，也從未想過要去買；不料，正良的爸爸卻講得頭頭是道、很有學問。此外，正良又訪問了買古董的客人：「請問，您爲什麼要來廖先生這兒買東西？」

「因爲，廖先生賣的古董很便宜，又很實在，他不會賣假貨！」客人說。

「可是，您買這些東西做什麼？」

「買古玉，可以給我太太佩戴啊！而古董、佛像、茶壺……都可以當裝飾品啊，擺起來很好看，心裡就很快樂啊……」

■用創造性學習，讓孩子充滿自信的光采

正良的錄音訪問，以及父親古董品的展示，讓小朋友聽看得目瞪口呆——正良是那麼用心地做家庭作業，也讓小朋友和我學習甚多，

因此，我給他全班最高分！

從那天開始，我從正良的眼睛中，看到他「自信的光采」！

他原本都是低著頭走路的，如今，他開始微笑地抬頭走路，也逐漸地喜歡上課、學習，成績也進步了！

後來，我了解到，正良是一個喜歡「創造性學習」、卻極厭惡「重複性學習」的孩子；他對於已經學會的東西，卻要不斷地重複抄寫，感到十分厭煩和不耐，因而產生「拒絕學習」的心理。

所以，我和正良的爸媽商量，減少他在安親班的時間，也請安親班老師，不要一直逼他「不停地寫字」；因爲，學習是一個人終身的快樂，千萬別在小時候，就抹煞或扼殺他的學習興趣和慾望！

戴老師小講台

大陸著名作家老舍，原名舒慶春，他育有兩女一子。

老舍如此有名，但他教育孩子到底有什麼訣竅呢？老舍說，他教育孩子的看法是：

一、不必非考一百分不可，特別是不必每科都考一百分。

二、不必非考上大學不可。

三、應多多玩，不失兒童的天真爛漫。

四、要有個健壯的體魄。

老舍又認為，孩子將來做一個「誠實的車夫」、或「憑手藝吃飯的工人」，總比當個貪官污吏強得多。總之，不必去爭做什麼「人上人」，也絕不要有虛榮心。

老舍教育孩子的觀點，很值得一些逼子女「成龍成鳳」的父母省思。

每個孩子都有屬於自己的一片天空，有人記憶力好、有人創造力好、有人理解能力好、有人分析能力好、有人工藝美術好、有人舞蹈音樂好，我們實在不必去Copy（複製）每個孩子，都有同樣的一片天空啊！

老師與家長，都應因材施教，讓孩子發揮專長，不能一直灌輸「重複性學習」的觀念，或強迫孩子一直抄寫、不停地補習！

我認識一位自美返國任教的教授，他國小四年級的女兒差點得了憂鬱症。為什麼？因女兒的老師，每天要求孩子抄寫一大堆國字二、三十遍；例如，「說話藝術」一詞，要重複寫二、三十遍，搞得女兒很不快樂、很痛苦。

後來該教授在聯絡簿上寫道：「今天的作業很無聊，我叫女兒不必寫。」老師看了，很生氣，對家長說：「陳教授，你雖然是大學教授，但我們小學老師也有自己的教學方法……」

「可是，老師，你這種作業，我女兒就是不寫，如果有督學或校長責怪你，你可以說是我叫她不要寫；因為，我女兒只要會寫『說話藝術』就好，她不用重複抄寫二、三十遍！」

當然，我們不鼓勵家長和老師起衝突，但有時老師給學生的作業，若是「太無聊」，就是扼殺孩子的思考與創造能力，更把時間消耗在毫無意義的重複性抄寫。所以——

每個孩子都是千里馬，但，需要碰到一位伯樂！

每個孩子都有自己的巧思，但也需要一位有巧思的老師！

愛的激勵小啓示

- 不愛抄寫、不愛唸書的孩子，不見得就是壞孩子，他們有許多隱藏未露的才華和天賦，極待老師、父母去挖掘！
- 老師教學技巧與評量方式，需要多元；老師可讓孩子以剪報、收集資料、錄音、錄影、上台報告、角色扮演、戲劇演出……等方式，來評量學生，讓學生有多元學習的樂趣。
- 「讀書，並非生活的全部；分數，也不是人生的目的。」成績單上的分數，絕不是學生日後成功的保障。
- 每個孩子都有自己的巧思，但也需要遇見一位欣賞他、有巧思的伯樂老師。

第三篇

用善心美意，善待每個孩子！

廣　告　回　信
台北郵局登記證
台北廣字第2218號

時報出版
CHINA TIMES PUBLISHING COMPANY
尊重智慧與創意的文化事業

地址：台北市10803和平西路三段240號5F

電話：(0800) 231-705（讀者免費服務專線）

(02) 2304-7103（讀者服務中心）

郵撥：19344724 時報文化出版公司

網址：www.readingtimes.com.tw

請寄回這張服務卡（免貼郵票），您可以——

●隨時收到最新消息。

●參加專為您設計的各項回饋優惠活動。

讓 **戴 晨 志** *老師喜怒哀樂的作品，陪伴您一起歡笑、成長。*

寄回本卡，您將可獲得戴老師的最新出版訊息。

◎編號：**CLZ0207**　　書名：**愛的激勵**

姓名：

生日：　　年　　月　　日　　性別：□男　□女

學歷：□1.小學　□2.國中　□3.高中　□4.大專　□5.研究所（含以上）

職業：□1.學生　□2.公務（含軍警）　□3.家管　□4.服務　□5.金融

□6.製造　□7.資訊　□8.大眾傳播　□9.自由業　□10.退休

□11.其他 ____________________

地址：□□□ ______________________________

____

E-Mail：______________________________

電話：(O)__________(H)__________(手機)__________

您是在何處購得本書：

□1.書店　□2.郵購　□3.網路　□4.書展　□5.贈閱　□6.其他

您是從何處得知本書的訊息：

□1.書店　□2.報紙廣告　□3.報紙專欄　□4.網路資訊　□5.雜誌廣告

□6.電視節目　□7.資訊　□8.DM廣告傳單　□9.親友介紹

□10.書評　□11.其他

請寫下閱讀本書的心得、建議或想對戴老師說的話：

看到火山爆發時，要趕快跑、趕快閃！

我當班長，為什麼**要被處罰**？

人都要懂得察言觀色，看人臉色！

當然，「據理力爭」有時是必要的、可貴的，

但，人更要懂得「變通、看看風向」；

如果，任何事都要據理力爭、辯爭到底，

則吃虧的人，

很可能就是自己啊！

那天，一節空堂課，我獨自一人靜靜地在教室裡看書。遠遠地，我聽到其他教室傳來學生們喧嘩、吵雜的聲音；我想，一定是某個老師還沒進教室上課，同學們才會如此吵鬧、嬉笑！

約二十分鐘後，吵雜聲突然停止；剛好，我想上個洗手間，就走出教室。咦？走廊前端，那個站在教室門口的，不是我的女兒嗎？沒錯，就是我那唸六年級的女兒，她正和訓導主任站在教室門口講話；噢，不，不是講話，應該說是「被罵」！

原來那堂課是訓導主任的課，可是，主任可能是在辦公室忙，遲到二十分鐘，才進入教室上課。當我慢慢地走近他們時，只見主任十分震怒地對著我女兒大吼：「妳這個班長是怎麼當的？全班同學吵成這樣，妳連秩序都不會管啊？……」

「我有管啊！」女兒回答道。

「妳有管？全校都安靜地在上課，只有妳們班亂哄哄的，比菜市場還吵，妳還說妳有管？」

「我是有管啊！可是，你不來上課，他們就一直講話，我管他們，他們都不聽我的啊！」女兒理直氣壯地說。

「妳還頂嘴？妳當這個什麼班長，一點能力都沒有，竟然還會跟老師頂嘴！」訓導主任漲紅著臉，怒目看著我女兒，眼看脾氣就要爆發了。

「我哪有頂嘴？我本來就眞的有管他們啊，可是，他們都不聽我的，我有什麼辦法？」

哎呀，我這個女兒就是任性，講話也很直、很衝，當我聽她這麼一說，直覺反應是——完蛋了！可是，當我的思緒還沒回過神來時，只見盛怒的訓導主任已經「啪！啪！」重重地打了我女兒兩個巴掌！頓時之間，女兒的兩個小臉頰都紅了，而我的心，突然一驚，也被重摑了兩下，好痛、好痛！

■我低著頭、含著淚，走過她身旁

我，不敢抬頭，我的心臟，跳動得又猛又快，眼淚也忍不住滴了下來……一時之間，我不知道該怎麼辦？我低垂著臉，裝著沒看見，悄悄地從他們身旁走過！

當時，我的情緒好複雜、好亂；我這個做老師、也是做母親的，親眼看見女兒被主任用力地掌摑，我該憤怒地上前跟主任理論嗎？我該告訴校長，向校長投訴嗎？還是向教育局、或法院提出控告，告主任「不當體罰學生」？

可是，說眞的，那時我都沒有這些想法！當我低著頭、含著淚，走過女兒身旁時，我用眼睛餘光看到——女兒正用手撫摸著燙紅、熱熱的小臉！她，沒有哭、沒有掉淚，她只是緊緊地咬著牙，用含恨的

眼光，看著訓導主任……

走到洗手間，我深深地吸了一大口氣，也用冷水，把我臉上的淚水洗掉！我想到——當一個母親，親眼看見女兒被憤怒的老師打兩巴掌時，心中眞是刺痛、難過、不忍呀！尤其，女兒並沒有做什麼大的錯事啊！而我……我也曾經是那個「憤怒、衝動、掌摑、鞭打孩子的老師」呀！以前，當我在掌摑學生、鞭打別人的小孩時，我眞的沒想到他們會痛；也沒想到，假若他們的爸媽親眼看見，心會更痛呀！

多些鼓勵，少些嚴厲處罰

從那天之後，直到高中畢業，女兒在學校中，就不願再擔任班長或其他幹部的職務，因爲，她覺得——「承擔責任的後果，就必須忍受這麼重的處罰，是很不公平的！」

的確，嚴厲的處罰，對孩子來說，是心中永遠的痛、永遠的傷害！

尤其，一個無辜的孩子，若被一時失控的老師情緒化地處罰，父母的心，更有撕裂的痛；畢竟，每個孩子都是父母心中的寶貝啊！

其實，每個家長把孩子送到學校，都盼望老師的教導能給家庭「帶來希望」——教給孩子聰明智慧和快樂成長；可是，如果老師所給的，「不是希望，而是絕望」，豈不是傷透許多家長的心？

戴老師小講台

一位老師說，面對一個愛搗蛋、愛頂嘴、愛做怪的孩子，「打他兩巴掌」是最快消氣的方法。他說，打屁股、打手心動作都太慢，不能消氣；而臉是人的面子，直接快速地「重創門面」，能最快消氣。可是，這也是對孩子「傷害最大」的方法呀！

父母送孩子來學校唸書，是為了快樂學習知識，將來有謀生能力、也做個有用的人；可是，有時老師為了學業成績、為了秩序管理、或彼此競爭，而重重地處罰孩子，使得孩子身體受到傷害，心理也充滿挫敗感、很不快樂，甚至記恨老師一輩子，這豈不是極差勁的教育方式？

不過，從另一個角度來看，當一個孩子面對老師的質疑或指責時，若不斷地頂嘴、反駁，甚至不太禮貌地頂撞時，老師原本的強勢地位和權威，就面臨了挑戰；而當他一再被孩子的語言激怒時，老師似乎已經從「強者」變成「弱者」，於是，在盛怒下，心裡就產生了「挫折攻擊」，因而失控來摑掌孩子。

所以，我也不禁要告訴可愛的孩子們——

人都要懂得「察言觀色、看人臉色」。當然，「據理力爭」

有時是必要的，也是可貴的，但，人更要懂得「變通、看看風向」。

假若任何事都要「據理力爭、辯爭到底」，則吃虧的人，可能就是自己啊！

就像看到對方已經像是噴出熔漿的火山時，怎能還硬要跑去生火？看到火山，熄不了火也就算了，要懂得趕快跑、趕快閃呀！

假如，看到老師已經怒火中燒，孩子要懂得趕快低頭，讓老師息怒，絕不要「愛頂嘴、嘴巴不讓」，來正面頂撞老師啊！

其實，教孩子「察言觀色、看人臉色」絕不是逢迎拍馬的怯懦表現；想想，若在路上遇見不良少年故意挑釁，難道要回罵、硬幹、打回去？這豈不有被「捅一刀」的危險？

古人說：「明哲保身」、「好漢不吃眼前虧」，是有其道理的；身為學生，在適當的情況下，暫時承擔責任、服從一下權威，並不是壞事啊！

因此，老師和父母除了教導孩子課業成績和做人處事之外，也要教孩子懂得「保護自己」，免得受到「情緒化老師」的傷害。

因為，在老師發脾氣時，若孩子還像「石頭」一樣衝撞過來，有些失控的老師，可能就會變成鋼筋、鐵槌，來擊碎石頭；但，相反地，老師生氣時，孩子若像「水」一樣柔軟，則老師自然也會軟化下來！

愛的激勵小啓示

- 老師憤怒動手打孩子之前，可以「角色互換」一下——假若這是我的孩子，我希望老師重重處罰他嗎？
- 別把「無心」說成「無常」——人生雖有很多無常，但許多師生之間的芥蒂，可能是老師「不用心、沒愛心」所造成的。
- 有個老師說，他希望將來自己的墓誌銘上寫著——「這裡長眠一位經常面帶微笑、天天善待學生、激發學生的好老師。」嗯，真好！
- 老師教導孩子，能「看見希望」，而不是「絕望」；情緒化、憤怒體罰學生的老師，是學生心中永遠的慟！

教，上所施、下所效也。

人，是已說出口之言的奴隸

說聲對不起，
是「認錯」，但並不是「認輸」；
只要說聲對不起，
就能釋放心中不安的情緒，
也就比較「沒有虧欠的感覺」，
甚至，就能化敵為友啊！

有一天，唸五年級的兒子小鈞從安親班回來，即哭哭啼啼地說，他被同學世彬打。

「世彬打你哪裡？」

「他……打我兩巴掌！」小鈞哭得很厲害，而我也很納悶，小學生吵鬧、罵來罵去，怎麼會打人耳光？

「世彬怎麼會打你呢？」我問兒子。

兒子一把鼻涕、一把眼淚地說：「下課時，我們在玩、在開玩笑嘛，可是世彬過來要打我，我就用手擋住！後來，他想搬桌子丟我，我又趕快壓住桌子；可是，他很高、很壯、又很有力氣……他一手按著桌子，一手就『啪！啪！』打我兩巴掌……」

「那老師有沒有看到？」我問。

「沒有？」

「你有沒有告訴老師？」

「沒有！」

我看著委屈的兒子，有點心疼，可是老師沒看到、也不知道，是有點棘手！在緩和一下兒子的情緒後，我對他說：「這件事，世彬做錯了，他實在不應該這樣打你耳光，可是，你是不是可以原諒他？」

「不，我不原諒他！」兒子抽泣地說。

「那你希望媽媽怎麼處理？」

「我……我要妳陪我回安親班，他還在那裡補習，我要他當面跟我道歉、說對不起！」兒子心志堅決地說。

不過，我要他先回房間，聽一下音樂，想幾分鐘之後，再做決定。

■是他先打我，我才打他

十分鐘後，小鈞依然決定回到安親班，也請老師叫世彬出來一下。世彬一見到我們，神情很緊張、臉色鐵青；我問他：「你有沒有動手打小鈞？」

「有……可是，他也有打我！」身材高高、胖胖的世彬說道。

啊？……小鈞也有回手打人家？我轉過頭，很生氣地問兒子：「小鈞，你怎麼沒跟媽媽說實話？你是不是也打了世彬？」

這時，兒子支吾地說：「是他先打我的！」

「可是，你也打了人家呀！」我有點動怒，我覺得，小鈞應先告訴我實情，才不會錯怪別人；於是，我對兒子說：「小鈞，你也打了人，你要先向世彬說對不起！」

兒子聽我這麼一說，很不情願！但是，他看到我生氣的眼神，只好很不甘願地說：「世彬，對不起……」

「沒關係啦，是我對不起你！」世彬也不好意思地說。

此時，安親班老師走了進來，插嘴說道：「世彬這個孩子眞壞，就喜歡打人，因他爸爸是律師，他就仗勢欺人，常常欺負同學……」聽到老師這麼一說，我望了一眼世彬；天哪，原本已低頭說對不起的世彬，在眾目睽睽的指責下，突然雙手緊握拳頭、咬著牙，一臉變得憤怒起來！

我看情況不太妙，立即請安親班老師和兒子暫時離開一下；後來，屋子裡只剩下我和世彬兩人。

我摸摸他的頭說：「世彬，張媽媽知道你是個好孩子，小鈞回家時，常會說你們玩在一起，很快樂；像暑假時，你們一起去露營、去游泳、去爬山，大家都很快樂對不對？」

世彬聽了，點點頭！這時他原先緊握拳頭、全身僵硬的身子，已逐漸柔軟下來……我拍拍他的肩，又說：「謝謝你帶給小鈞一起讀書、一起遊戲的美好回憶！我想，今天的事就過去了，你們也都說了對不起；明天開始，你們還是好朋友，對不對？」

世彬一聽，睜大眼睛，大聲對我說：「對啊，我們還會是好朋友呀！」

世彬這麼一說，我滿是欣喜，也叫他趕快回去上課；只見他笑得很開心，一蹦一跳、歡喜地跳回教室上課。

■啊？你罵人家是「胖豬」？

走出安親班，我拉著兒子的手，問他：「小鈞，你老實告訴媽，世彬為什麼會打你？」

兒子被我突然一問，愣了一下，呑呑吐吐地說：「是……是我叫他『胖豬』，他很生氣，才會想打我！」

「啊？……你罵人家是『胖豬』？」

「是啊，他那麼胖，當然是胖豬啊！而他也罵我『蟑螂』（姓張）啊！」

噢……我眞是被我兒子打敗，他瘦小的身子，居然敢叫人家胖豬，難怪會「挨揍」！

此時，我忽然想到——**「當父母在處理孩子的衝突問題時，絕不能只聽片面之詞，即氣沖沖地興師問罪，或嚴厲指責別人孩子的不是；因為，自己的孩子或許也有不對呀！」**

隔天，放了學，小鈞愁苦著臉，說他怕世彬還會打他，所以不願去安親班。但是，我告訴他：「你放心，世彬不會再打你了，你要學習做個勇敢的孩子，要勇敢面對你的同學，你只要笑瞇瞇地對他就好了！」

後來，安親班放學時，我去接小鈞，只見他好開心地說：「媽，世彬對我好好哦，我一到教室，他就拉我的手，叫我吃點心，還搭著我的肩膀對我說：『喂，我們是好兄弟咧……』」

戴老師小講台

美國老牌影星保羅紐曼與影星太太，曾育有一獨生子，但是由於他們兩人都忙碌於演藝事業，而疏於照顧、管教孩子，以致獨生子因「嗑藥過量」致死。

保羅紐曼夫婦為此事一直耿耿於懷，也自認為，這是他們一生的最大挫敗。

他們夫妻十分後悔地表示，以前他們太花心思於演藝事業，也太寵壞孩子，所以在孩子嗑藥上癮時，未能狠心地送他到煙毒勒戒所，以致使孩子愈陷愈深，最後賠上寶貴的生命。

因此，報載，保羅紐曼對影星湯姆漢克說：「沒有一件事比孩子的歡樂、孩子健康地長大更重要……假如事情還能重來，

我願意花無數的金錢，去買回我孩子的歡樂和健康成長！」

的確，孩子的成長，是父母最大的快樂，但也是最大的責任；因為，父母若疏於教養，孩子就可能學壞、變放蕩，甚至吸毒、逃學、離家出走、打群架……這，都是父母一生中，心裡最大的痛啊！

也因此，教養孩子是父母無可旁貸的責任。

而在現實生活中，孩子們都必須學習放下身段，說出「請、謝謝、對不起！」這雖然是老生常談，但是，一旦與人起了衝突，有人是寧死都不願說出「對不起」的啊！

就像本文中的兩位小男生，一個罵人「胖豬」，一個罵人「蟑螂」，誰願意先低頭道歉、認錯？

其實，說聲對不起，是「認錯」，但並不是「認輸」；只要說聲對不起，就能「釋放心中不安的情緒」，也就比較「沒有虧欠的感覺」。

相反地，若互不道歉、互不相讓；而只知憤怒、生氣、跺腳，則真正被懲罰的人，是自己，不是別人啊！

古人說：「教，上所施、下所效也。」

在孩子與人有衝突時，大人必須「先聽話、再說話」；同時，也不能只聽片面之詞，就怒氣衝天地興師問罪，以免因只聽「單面論述」，而失之偏頗、錯怪別人。

愛的激勵小啓示

● 亞里斯多德說：「人是未說出口之言的主人，卻是已說出口之言的奴隸。」處理孩子衝突與紛爭時，必須多些理性和傾聽。

● 「放寬心，免煩惱；愈埋怨、愈不平，愈不快樂。」在衝突之時，用大度去包容別人，也放下身段低頭致歉，則最大的受益人，就是自己啊！

● 古人說，「親近則易生侮慢之心」；能真心說出「請、謝謝、對不起」，則人際溝通一定會更加和樂！

● 沒有一件事，比孩子的歡樂、孩子健康地長大更重要。

哈，他們又在滾輪胎了！

請記得，情緒是會殺人的！

戴老師，您一定看過，
有些國中生，在畢業典禮後，
用布袋矇住老師、或追打老師！
而我們班的男生在畢業之後，
也有人放話說，等以後「做大尾」時，
一定要回去找老師算帳！

親愛的戴老師：您好！

您不認識我，我只是您的一位讀者。

前不久，我那唸國中的女兒，帶了一本您寫的《新愛的教育》回家；平常，我是不太看書的，可是您的那本書，卻讓我一邊看、一邊哭，哭到眼睛紅腫！

女兒問我：「媽，妳怎麼啦？」我只是一直哭泣，說不出話來！

戴老師，您的《新愛的教育》內容十分感人，讓我感動不已；可是，當我看您的書時，不知不覺地勾起我求學過程中的悲慘回憶，所以不禁悲從中來……

小時候，我是在鄉下唸一所私立初中。那時，聯考升學率掛帥，我們初二班的導師教物理，很兇，他訂下分數，哪些人考不到分數，就要挨揍！

男生，當然打屁股！可是老師很狠，出手很重，男生常被打到屁股紅腫、瘀青，甚至屁股肉幾乎都快要裂開，晚上根本沒辦法躺著睡覺。而我們女生呢？考不好，就要用藤條打手掌心。我的物理成績不好，常常被打得手心好痛，有時根本沒辦法握筆寫字！

眞的，我很痛恨我們那個導師！有一次，導師看我成績不好，又要打我；那時，我實在很恨、又很氣，也不知道是哪裡借來的膽子，我豁出去了，我站起來，發抖地對著導師大聲吼叫：「老師，我們來學校唸書，是來學習的，不是來被打的！你看，我的手都被你打得不能寫字了，你還要怎樣？……你這樣打我們，即使我們拿到全校第一名，又有什麼意義？……」

導師一聽，氣死了，立刻找我爸媽來，說我「侮辱老師」，堅持把我退學！

■我轉學的第一天，就被同學圍毆

後來，我和弟弟一起轉學到國中唸書。可是，戴老師，您知道嗎，我轉學的第一天，就被班上的一群女生圍毆！您一定懷疑我說的話，可是，我絕對沒有騙您！

轉學的第一天下午，快放學時，我們班四、五個「大姊大」型的女生，就硬把我拖到廁所後面，不分青紅皂白的，對我拳打腳踢，把我打得鼻青臉腫！

我躺在地上，紅著眼、流著鼻血問她們，爲什麼要打我？她們說：「妳屌啊！妳很屌啊！」

我說：「我有什麼屌？我才剛轉學來而已，我什麼事都沒做啊……」

「怎麼沒有？……妳才剛轉學來，就有別班的男生偷偷跑來看妳！妳看，妳人漂亮，男生愛看，不是很屌嗎？……」

■「愛的教育」只是空中樓閣的口號而已？

戴老師，您一定覺得這種事，只有在連續劇中才能看到，可是，它卻眞的發生在我的身上；而且，不僅我被打，連我弟弟也被打！爲什麼？因爲我唸國一的弟弟，每天跟我上下學，別班的男生不知道他是我弟弟，只知道他是「轉學生」；可是，他們說，我弟弟「很屌」，才剛剛轉學，就敢來「把漂亮的女生」，所以過幾天，也把他痛打一頓！

戴老師，您的書中，寫到倪美英老師那麼多感人的故事，可是，我碰到的，怎麼都是讓我咬牙切齒、痛恨萬分的爛老師！「愛的教育」是否只是空中樓閣的口號和理想而已？

以前，我很痛恨私立初中的老師「體罰」；後來，轉到國中，老師不體罰了，可是，老師卻用「殘害自尊心」的方式來對待我們！

您知道嗎，我們國中的導師很病態，他不打我們，卻叫我們「滾

輪胎」！我們老師在教室裡放著兩個廢棄的汽車輪胎，只要考試成績沒達到標準，下課時，就要在走廊上「滾輪胎」。少一分，就要把輪胎滾過「一間教室」；少十分，就要滾過「十間教室」；少二十分，更要滾過「二十間教室」。

所以，下課時間一到，全校就看到我們班同學，不停地在各間教室的走廊上「滾輪胎」；而其他班的同學都在旁邊一直看、一直訕笑——「哈，他們又在滾輪胎了！」

■期待我的女兒，能遇見有愛心的好老師

除此之外，我們導師也搞一種神經病的遊戲；他每次考完試，就立刻換座位，把成績好的學生，調坐到中間幾排，成績不好的，就換坐到窗戶兩邊！有些成績很差的，老師甚至叫他到隔壁班，坐在最後一排，去上一整天的課；而隔壁班的同學誰也不認識，所以只能呆呆

地坐著，別的同學則不時地轉頭看、或指指點點……

戴老師，您一定看過，有些國中生，在畢業典禮之後，用布袋矇住老師，或追打老師！而我們班的男生在畢業之後，也有人放話說，等以後「做大尾」的時候，一定要回去找老師算帳！

我真覺得，當老師的人，要自我檢討、反省，因為激勵學生的方法很多，為什麼一定要用這種「殘害自尊心」的方式，來對待學生呢？

不瞞戴老師，我在國中時都沒有好好唸書，家境也不好，半工半讀，只唸完私立高職夜校，就去美容院幫人家洗頭髮。如今，我已結婚生子，我常在想，如果當年唸初二時，導師不要用毒打的方式對待我們，而我也沒被退學，那麼我的人生可能就會不一樣了！

可是，我現在已經當媽媽了，我沒有什麼大志向，我只能暗自祈求——**「拜託老天，讓我的女兒在成長過程中，常能遇見有愛心、有耐心、有智慧的好老師！」**千萬、千萬不要像我一樣……

戴老師小講台

譽滿全球的華裔大提琴家馬友友，幼小四、五歲時，就和姊姊一起被父母要求學拉小提琴；可是拉小提琴很苦，下巴必須長時間夾著小提琴，脖子會很痠。有一天，他跟媽媽說：「媽，我不想學小提琴了！」

媽媽聽了，笑笑說：「你去問你爸爸。」於是馬友友跑去找爸爸說：「爸，我累了，我不想學小提琴了！」

一向很嚴肅、當音樂教授的父親聽了，柔和地問他：「為什麼你不想學？不學小提琴，那你想做啥？」

馬友友說：「我只想玩我的玩具！」

「不行，你不能整天只玩玩具，你自己想，你想學什麼？」

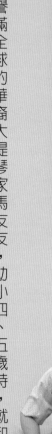

後來，馬友友說：「那我去玩大提琴好了！」

馬友友心想，他至少不必天天下巴夾著小提琴，而且，聽說大提琴很久才拉出一個長音、比較簡單、不複雜；更重要的是，「誰叫姊姊拉小提琴比我強，我一輩子也追不上她。」

其實，人人都是人才，並不是只有成績好的才是人才；

人人都有好將來，並不是只有會唸書才有好將來！

正因為馬友友選擇自己想要的東西。進而努力用心去學習，最後才能成為全球知名的大提琴家。假如當時他父母一直強迫他一定要學「小提琴」，因只有學小提琴才有出息，則，今日就不會有馬友友這知名的音樂家了。

當然，有些老師是善意的，出發點是好的，對學生「恨鐵不成鋼」，以致於不停地憤怒打罵孩子！

可是，您知道嗎，「情緒是會殺人的！」老師一生起氣來，臉紅脖子粗、眼睛漲紅；再痛罵一、二十分鐘之後，真的熱量用光、體力耗盡，身體很累、很虛，但「肺活量」卻變得很棒，哈，因為，罵人罵太多了！

真的，孩子不一定只有會唸書、會考試才有前途；我孩子以後長大，只要有一兩門專精技術，就可以快樂地立足、生活，為什麼一定要唸名校、名大學？

電影大導演史蒂芬．史匹柏，他拍過無數膾炙人口的電影，也創下電影史上最高票房的紀錄，可是，他也是在五十多歲的時候，才拿到大學文憑啊！逼孩子只會唸書、只會考試，不一定就有好將來啊！

愛的激勵小啟示

- 一個真正的好老師，必須極力避免讓自己的壞脾氣、壞習性，無辜地波及於學生。
- 不懂控制情緒、只會怒打孩子的不適任老師，會扼殺孩子的學習，也會危害孩子的一生。
- 假如一個孩子——「不記得老師教導什麼，只記得老師很會打罵人」，則是老師最大的悲哀啊！
- 老師與父母，要多看孩子的好與優點，千萬不能殘害孩子的自尊心。

燈塔的遠方最亮，燈塔的下方最暗！

走開，不要抱我，媽媽要去演講……

火車趕上了，演講也趕上了；
好緣結了，掌聲也有了，
可是，我的兒子呢？女兒呢？
他們找不到媽媽，也聽不到媽媽的聲音，
因為，媽媽不在「家裡」，
而是在「遙遠的掌聲那邊」……

我是一個不太會說「不」的人，每當有人邀請我到社區或學校演講、座談，我總是一口就答應；因爲，我覺得能將「愛」的觀念傳佈給大家，又能「與人結好緣」，是一件令人十分高興的事。

也因此，過去年輕時的我，常在下班後，匆匆地回家做好飯，或買好便當給孩子們吃，就立刻拎著皮包，四處趕場演講，直到深夜才回家。

一天，兒子生病了，我在學校有空堂，就和他約好，下課時帶他去看醫生；可是，下課後我等了很久，發現他沒來。我很納悶：「怎麼生病了，還這麼貪玩、不去看醫生？」而當我走到兒子教室時，赫然看到他竟被老師罰站。

我請小朋友向兒子的老師講，兒子才暫時「脫困」，一起去校外看醫生。

在路上，我問兒子：「你怎麼啦，生病還被老師罰站？」

「老師說我愛講話，就罰我站啊！」

我又問：「你最近常被罰站嗎？」

「嗯，對！」兒子點點頭說。

唉，我這唸小學三年級的兒子，本來很內向的，從來不敢上台，怎麼會突然變得「愛說話」了呢？看完病，回學校，兒子也回教室；可是我忽然想起，兒子還沒吃藥，於是我拿著藥到教室找他。

天哪，怎麼兒子又站在教室後面被「罰站」呢？到底我兒子犯了什麼滔天大錯，怎麼會從早上第一堂課罰站到第三堂課？

■每天晚上，都沒有人跟我說話呀！

當天晚上，我推掉演講，留在家裡，找來兒子，生氣地質問他：

「你爲什麼在學校變得那麼愛講話？」

「因爲晚上都沒有人跟我說話呀！」兒子很委屈地說：「媽，妳每天晚上都說有事、很忙，要出去演講、去跟別人家分享，不然就是出去開什麼小組會議，或幫別人助唸、捻香……妳每天都不在家，爸爸也常加班，晚上只有姊姊在家陪我；而姊姊又在打電腦、上網，我只能一個人看電視……媽，妳知道嗎，我晚上都很孤單、都沒有人陪我講話，所以我一到學校，就拚命找同學講話……」

天哪，聽兒子這麼一說，我眞的十分慚愧、無顏以對。而當我回想早上，看到兒子被老師罰站的那一幕，心就好痛、好痛！

先前，我只知道兒子的成績退步得很厲害，也曾罵他：「你要用功啊！你怎麼這麼不乖，一回家功課都不寫，倒頭就睡！」後來，我才知道，兒子在家沒人和他說話；隔天一到學校，就愛找同學聊看電視的內容，所以就被老師罰站，而且，一站就是兩、三堂課，難怪他一回家就累垮了！

■我每天都很忙，也很茫、很盲

那天晚上，我難過得無法入眠。我捫心自問，我天天在外面東奔西跑、四處演講，熱心公益、宗教事務，可是，我有盡到做「媽媽」的責任嗎？

我每天都**「很忙」**，但似乎也**「很茫」**、**「很盲」**！我好像很少安靜下來，看看身邊最親愛的兒女，或聽聽他們心中的話呀！

的確，「燈塔的遠方最明亮」，可是，我忘了，「燈塔的下方最黑暗」！

我成長中的孩子，最需要我陪伴和照顧啊！如果，我很風光地到處演講「愛的教育」，也四處接受如雷的掌聲，卻不能將自己的孩子教育好，甚至使孩子的行爲產生偏差，那麼，我算是什麼「好老師、好媽媽」呢？

■「媽，你不要走，不要去演講……」

在那黑暗的深夜，我靜靜地重新思索自己——我到底在忙什麼？在盲什麼？

過去，我常被邀請到台北、花蓮、嘉義、台南、高雄、屏東、金門、馬祖……幾乎全台灣走透透；只要有人邀請，即使聽衆只有十多個人，我都盡心盡力、賣命賣力地去趕場演講。

有時，爲了趕台北早上八點半的演講，我住在南投，清晨三點多就要起來，四點多就必須出門，以便趕上台中五點多的早班火車。

記得，好幾次，我在清晨，為了不吵醒睡夢中的兒子，就踮著腳尖摸黑出門；可是，兒子聽到了，他在很冷的天氣，穿著睡衣衝了出來，抱著我的大腿、哭著說：「媽，妳不要走，妳不要走……媽，妳不要去演講，妳留下來陪我……」

可是，那時我好狠心，我心裡只想著要趕搭火車，怕來不及，就

用力把兒子推開，大聲說：「走開，你不要抱我，你趕快回去睡覺！媽媽要去台北演講，那裡有好多人、好多老師、好多家長要聽媽媽演講，你不要抱我……」

可是，兒子仍泣不成聲地，緊拉著我不放。那時，我心很著急，也不管那麼多了，狠狠地推開兒子，衝出門，也把門重重地關上……

火車趕上了，演講也趕上了；

好緣結了，掌聲也有了，可是，我的兒子呢？女兒呢？

他們找不到媽媽，也聽不到媽媽的聲音；

因為，媽媽不在「家裡」，而是在「遙遠的掌聲那邊」……

■「媽，妳不要用分數來挑剔我、衡量我！」

又記得，也有一次，我理直氣壯地斥責唸高三的女兒「功課那麼差」！沒想到女兒居然跟我頂嘴：「媽，妳每天在外面那麼忙，妳就不是好媽媽！」

「我怎麼不是好媽媽？我都有回來煮飯給你們吃啊！」我生氣地回罵女兒：「我很努力在做好媽媽，妳怎麼還要做壞孩子，還跟媽媽頂嘴？……」

此時，女兒冰冷地回答我：「**媽，我也很努力想做好孩子啊，我又沒去吸毒，也沒去染頭髮，我……我只是功課差一點而已！妳看妳自己，妳每天在外面忙，妳有在家陪我跟弟弟嗎？妳有真正關心過我們嗎？……妳都只在為別人忙，也只會在分數上挑剔我、用分數來衡量我，妳有用愛真心來關心我嗎？……**」

女兒的話，重重地搥擊我的心，也讓我猛然驚醒——的確，我熱衷於外務與宗教，以致疏忽孩子太久了！

「兒子被罰站，女兒功課不好」，我這做媽媽的，難道沒有責任嗎？

後來，我流下懺悔的眼淚，也痛下決心，慢慢學習向外面的邀約「說不」，而把大部份時間留在家裡。我試著陪伴孩子做功課，也傾聽他們說話；有時姊姊吹笛子，弟弟唱歌，原來——

「幸福不在遠方的掌聲中，而是在平凡的家庭裡啊！」

在及時扭轉心態之後半年，女兒幸運地甄試上了大學，兒子也當選全班模範生。當我看著兒子走上升旗台領獎時，我的心好激動！

我好想說：「孩子啊，媽媽曾經迷失過，但，謝謝你們用受挫的生命，來教育媽媽！」

戴老師小講台

我有一個朋友說，她曾參加一個宗教團體，可是，她後來很害怕看到那些會員來找她！這朋友說，那些會員，每天都穿著制服趴趴走，哪裡出事，就衝去哪裡幫助人；可是那些人的兒子，有的騎著摩托車在外面飆車，有的拿著西瓜刀亂砍人！

「媽媽虔誠、辛苦去當義工，兒子卻在路上當流氓，或無所事事，這算什麼嘛？」朋友心裡不解地說：「我曾問她們，為什麼不多管管自己的孩子呢？可是，她們說，實在管不了了，所以就出來做義工，多做點功德、幫孩子贖罪！」

朋友又說，另一個媽媽也是到處穿制服，做好事、做義工，可是女兒孤獨在家沒人管，成績也很差。「我問這媽媽，為什麼不多在家陪女兒做功課、關心她、督促她？這媽媽說：『不用啦，我只要出去外面多做好事、多做功德，菩薩就會來幫我孩子讀書啦！』」

「還有一個媽媽，」這朋友又繼續說：「她經常出去外面做義工、幫別人清掃房子、或幫忙辦喪事、誦經，可是她們家好亂、好髒哦，連她自己都覺得很不好意思，不敢讓我們進去；而且，她的孩子也都是髒兮兮的！」

其實，人各有志，每個人也都想奉獻自己，做些對國家、社會有用的事。

可是當一個父母把大部份時間、精神都放在與別人結好緣、對別人付出、服務他人、甚至接受別人掌聲、喝采時，是不是忘了自己的孩子卻孤伶伶、寂寞、悲傷地在家。

而這孩子，正需要父母的陪伴、照顧啊！這時，他們或許正在吶喊：「媽媽，妳在哪裡呀？……妳怎麼不回家多陪伴我呀！」

孩子的成長歲月，一轉眼，就過去了，「如果孩子小時候抓不住你（父母），你以後就抓不住他呀！」

我認識一個女孩，她說，她很不喜歡她爸爸、媽媽熱心於教會工作，因為——「我媽『和藹的笑臉』，在外面都已經用光了！她從教會回到家，就不笑了，動不動就大聲罵我們：『怎麼吃完東西不會收盤子啊？被子不會自己摺啊？妳還一直看電視？還不趕快去把功課做完！』……」

所以，這女孩難過地說：「我爸媽很適合做『好基督徒』，但不適合做『好父母親』！」唉，聽到孩子說這樣的話，真是令人感慨！

孩子，他不是自己迸出來的，是父母賦予他們生命，才會來到人間；但若父母過度熱衷公益、宗教或事業，而疏忽對孩子的陪伴、照顧、與管教，則不管是天主、上帝或佛陀、菩薩，都不會來幫忙愛護孩子、帶孩子；也不會來幫孩子做功課、或幫孩子考上理想學校啊！

愛的激勵小啟示

- 在外面不停地接受掌聲和「結善緣」時，別忘了——在家裡沒人給予掌聲與鼓勵的孩子，是最需要父母的陪伴、照顧啊！
- 眼睫毛距離眼睛最近，可是，我們卻看不見它。「親情的可貴」與「父母的責任」，千萬別在盲目追求物質或功德中，將它遺忘。
- 千言萬語，不如親子「親密同行、一起成長」。但孩子的成長，是要父母用心付出、用愛關懷、用時間陪伴的！
- 幸福不在遠方的掌聲中，而在家庭的親子親密關係中。

典藏高手作家

戴晨志

讓您天天開心　洋溢喜樂

幽默智慧王
定價 230 元

浪漫追求，
不強求
定價 250 元

一生難忘的
感動
定價 230 元

力量
來自渴望
定價 250 元

把嘲笑當激勵
定價 230 元

自信，舞台
就是你的
定價 230 元

微笑吧，快
樂就有希望
定價 260 元

戴晨志教你
贏在作文
定價 250 元

黃金 15 秒的
感動溝通
定價 260 元

受用一生的陽
光態度
定價 260 元

其實，你可以
很幽默
定價 250 元

愛的溝通
定價 210 元

戴晨志小品 7

愛的激勵——成就孩子的大未來

作者——戴晨志
編輯——林菁菁
插畫——楊麗玲
美術設計——孫麗雯
董事長　總經理——趙政岷
出版者——時報文化出版企業股份有限公司
10803台北市和平西路三段二四〇號三樓
發行專線——(〇二)二三〇六—六八四二
讀者服務專線——〇八〇〇—二三一—七〇五
(〇二)二三〇四—七一〇三
讀者服務傳真——(〇二)二三〇四—六八五八
郵撥——一九三四四七二四時報文化出版公司
信箱——台北郵政七九～九九信箱
時報悅讀網——http://www.readingtimes.com.tw
讀者服務信箱——newlife@readingtimes.com.tw
時報愛讀者粉絲團——http://www.facebook.com/readingtimes.2
法律顧問——理律法律事務所　陳長文律師、李念祖律師
印刷——詠豐印刷股份有限公司
初版一刷——二〇一五年一月二十三日
定價——新臺幣二一〇元
⊙行政院新聞局局版北市業字第八〇號
版權所有　翻印必究
(頁或破損的書，請寄回更換)

國家圖書館出版品預行編目(CIP)資料

愛的激勵 / 戴晨志作. — 初版. —
臺北市：時報文化，2015.01
面；　公分. —(戴晨志小品；7)
ISBN 978-957-13-6164-2(平裝)

855　　103026325

ISBN 978-957-13-6164-2
Printed in Taiwan